O SONHAR DA VIOLÊNCIA

ISAAC CASTRO

KOTTER EDITORIAL

Diretor editorial: Sálvio Nienkötter
Coordenação editorial: Claudecir de Oliveira Rocha
Editor-executivo: João Lucas Dusi
Editor-assistente: Luiz Felipe Cunha
Capa: Paula Villa Nova
Design editorial: Carlos Garcia Fernandes
Produção: Joehverson Guslem Jacob
Preparação de originais e revisão: O Autor

Dados Internacionais de Catalogação na Publicação (CIP)
Angelica Ilacqua CRB-8/7057

C351s

Castro, Isaac
O sonhar da violência / Isaac Castro. — Curitiba : Kotter editorial, 2025.
176 p.

ISBN 978-65-5361-463-5

1. Ficção brasileira I. Título

CDD B869.3

25-4134

KOTTER EDITORIAL

Kotter Editorial Ltda.
Rua das Cerejeiras, 194
CEP: 82700-510 - Curitiba - PR
Tel. + 55(41) 3585-5161
www.kotter.com.br | contato@kotter.com.br

Feito o depósito legal
1ª Edição
2025

O SONHAR DA VIOLÊNCIA

ISAAC CASTRO

Eu sou a luz do mundo e sob meus pés
Todos devem se curvar.
Meus desejos secretos ou revelados
Devem ser aceitos, devem ser seguidos
E nunca questionados.
Quem ousa me questionar?
Quem ousa me afrontar?
Quem?

Nísia Maria,
Poemas, 1866.

SUMÁRIO

ABRIL

01/04/2022

Hoje enforcamos um homem na viga de concreto. Foram necessários três policiais para erguê-lo. Eu mesmo fiz o nó do enforcado. Nem questionei qual era o crime. Ele se debateu e morreu em apenas alguns segundos. Tudo muito rápido. Ao redor do seu corpo morto, as casas cintilavam cheias de luzes. A noite era quente. O cheiro de fritura, urina e esgoto era carregado pelo vento dentro da noite, pelos becos e ruas. Aspirei tudo aquilo como se sorvesse o melhor cheiro do mundo, o cheiro de destruição, o cheiro de nada. Depois de enforcado, retiramos o homem e o jogamos em um valão perto de um monturo. Depois atiramos nele e entramos na viatura. As ruas estavam vazias, todos escondidos. Um colega tenente me falou que haveria promoções dentro de alguns dias e meu nome estava na lista. Iria me tornar capitão.

04/04/2022

Tornei-me capitão. Saímos para comemorar e matamos dois homens em atitude suspeita perto de um ponto de ônibus. Um deles era bem jovem, talvez quinze anos. Ele tinha um aspecto feminino que me incomodou. Na verdade, me incomodou, me intrigou e fez o meu coração bater mais forte. Estranho. Nunca havia sentido isso. Ele tinha o cabelo muito liso e fino, um tom castanho escuro. Uma boca de lábios grossos e um nariz pequeno, levemente arrebitado. Seus olhos eram azuis, muito azuis, brilhantes sob a luz da lanterna. Por que estou anotando esses detalhes? Melhor seria destruir tudo. Apesar da atitude suspeita, nada foi encontrado com os meliantes. Colocamos pinos de cocaína nas suas roupas e esperamos a perícia fazer o seu trabalho. Uma sensação estranha percorria meu corpo, como se algo novo tivesse surgido, uma nova luz. Uma nova luz estranha e confusa. Uma luz negra e morta.

06/04/2022

Hoje, de folga, fiz amor com a minha esposa pela manhã. Em algum momento, namoramos com muita força e senti um clarão na mente, como se fosse um grande apagão. Quando voltei a si, minha esposa não estava mais ao meu lado. Perguntei o que aconteceu e ela não respondeu. Estranhamente, pelo resto da manhã, ela me evitou. Não sei por quê. Pela tarde, levei o carro para lavar e brinquei com meus filhos no parquinho. No final da tarde, saímos para comer pizza. Minha esposa não quis ir. A pizza estava muito boa, metade quatro queijos e metade calabresa. Coloquei as crianças para dormir e fiquei assistindo filme sozinho na sala. Em algum momento, dormi e sonhei que estava em um parque brincando com meus filhos. No horizonte, uma estátua gigante se erguia acima de qualquer prédio da cidade: era eu fardado como policial, com um sorriso estranho no rosto, como um sorriso de boneco. Acordei assustado. Saí do sofá e caminhei até meu quarto. Minha esposa dormia sozinha no escuro. Voltei para o sofá e terminei de ver o filme.

11/04/2022

Dia calmo e tranquilo. Fizemos a ronda pelos bairros. Durante as batidas, prendemos dois suspeitos. No final da tarde, quando o sol incide sobre o asfalto, sobre os carros, e tudo parece brilhar, vi novamente um rapaz extremamente feminino sentado em um banco de cimento na praça. Ao lado dele estava uma moça que parecia ser uma amiga ou namorada. Ambos conversavam. Como passávamos de carro, tudo foi muito rápido. Cheguei a achar que a moça era na verdade um rapaz e o rapaz era uma moça para, segundos depois, achar que eram duas moças conversando. A viatura parou no semáforo, sem demorar muito, e constatei o que realmente havia visto: uma moça e um rapaz bem feminino. A viatura seguiu e os perdi de vista. Só não consigo entender como o rapaz persiste na minha cabeça até o momento em que escrevo este diário. Lembro de tanto detalhes de seu rosto que é como se ele estivesse do meu lado, aqui e agora, nesse pequeno escritório, dessa pequena casa, nessa cidade imensa e violenta que é *** *****, nessa noite abafada, poluída e barulhenta. É como se pudesse tocá-lo. E, ao tocá-lo, estivesse tocando em algo sagrado que me enchesse de paz. Acho que estou enlouquecendo.

14/04/2022

Sonhei novamente com a minha estátua de dias atrás. Ela estava maior, como se tivesse sido colocada sobre um alicerce. Minha cabeça e rosto ficavam ocultos pelas nuvens do céu. O maior prédio da cidade chegava ao meu joelho. Cada um dos meus pés cobria um quarteirão. Os mendigos e viciados defecavam e urinavam em minhas botas, faziam cabanas com lençóis e papelões, usavam drogas, viviam e brigavam entre minha sombra.

18/04/2022

Plantão difícil: um colega foi baleado durante um confronto e morreu de forma instantânea ao meu lado. A bala atravessou a sua cabeça de cima para baixo. O sangue se espalhou pelo chão, se misturou com o lixo da calçada e rolou pela lama da sarjeta. Depois de intenso tiroteio, conseguimos prender um meliante e o tratamos com intenso carinho e afeto: arrancamos seus dentes e suas unhas, cortamos uma das orelhas, jogamos ácido de bateria nos seus ouvidos, cegamos seus dois olhos e quebramos seus braços e pernas. Para finalizar cortamos seus testículos. O enforcamos em um poste e deixamos um recado grampeado no seu tórax, como se ele tivesse sido morto por uma facção rival. A imprensa até agora não noticiou nada. Barbárie demais. Ou barbárie de menos. Na próxima vez, caprichamos.

19/04/2022

A imprensa noticiou o fato ocorrido com o meliante. A facção rival foi colocada como a culpada. No momento da reportagem, a câmera filma a repórter e pessoas da população ao redor da cena de crime. Todos olham para a câmera com espanto e horror, como se estivessem no holocausto. Imersos no horror cotidiano: omissão, opressão e esquecimento do Estado, imprensa isenta ou comprada, além das ações dos criminosos que lhes cercam. O eterno holocausto brasileiro. Quando vejo isso, nada sinto. Minha formação é outra, não posso sentir nada. Não sei se isso é bom ou ruim. E nem me importo, para ser bem sincero.

21/04/2022

Feriado. Saímos para passear. Fomos ao shopping e fizemos compras. Brinquei com meus filhos e gastei uma quantidade de dinheiro que não poderia gastar. Tudo certo. Ver meus filhos felizes me enche de alegria. Comemos porcaria e nos enchemos de doce. Minha esposa tão ausente que quase não notava ela ao me lado. Um borrão. Um vazio. Perguntei se ela estava sentindo algo, e ela não me respondeu. O que mais me assusta é que não sinto mais nenhuma atração por ela. É como se ela estivesse se fragmentando. Sumindo aos poucos. Será que ainda a amo?

25/04/2022

Dia tranquilo, uma ronda tranquila. Não tivemos tiroteio, apenas pequenas abordagens. Um rapaz nos questionou por que só revistamos pessoas negras e nenhuma branca. Levamos ele por desacato. Antes da delegacia, o soltamos. Durante o trajeto, ele se urinou. Um colega deu um soco, nada demais. Ele começou a chorar. Tivemos que limpar o carro na garagem.

26/04/2022

Acordei com uma angústia estranha no peito. Senti meu coração pulsar de uma forma como nunca havia pulsado. Fiquei meia hora olhando para teto do quarto, no escuro, tentando analisar o sonho que havia tido. Um sonho estranho, um sonho louco, um sonho que parecia um pesadelo, um pesadelo bom misturado com algo poderoso e sem sentido, sem compreensão, sem lógica. Não vou anotar o sonho aqui. Nem sob tortura.

29/04/2022

Novamente uma angústia muito forte no peito, como se meu coração fosse explodir. Conversei com alguns colegas e eles disseram que pode ser ansiedade. Consultei-me com a psiquiatra e ela disse que poderia ser um estresse leve devido à rotina de policial.

Perguntou se eu queria medicação. Disse que sim. Hoje comecei o tratamento.

30/04/2022

Senti melhoras com a medicação. Não sinto mais a dor física, apenas uma leve sonolência, que a médica disse que logo vai passar. Hoje trabalhei normalmente, apenas na perseguição de um veículo roubado. Prendemos o ladrão e descobrimos que ele havia roubado a moto de um policial três meses atrás. Entregamos o ladrão para o colega. O colega disse que depois nos relataria o que faria com ele.

MAIO

02/05/2022

Sei que não devo, mas, caso não escreva, vou adoecer. Não tenho ninguém com quem conversar. Nem posso. Ou faço isso ou enlouqueço. Abordamos um rapaz que caminhava de mochila pela avenida ******** e parecia muito ansioso, suando e olhando para todos os lados. Paramos e o revistamos. Enquanto o revistava, senti o cheiro que se desprendia do seu cabelo, uma mistura de suor e desodorante. Um cheiro forte e bom. Fiquei excitado. Escondi a minha ereção com a arma e me afastei, de forma disfarçada. Fiquei enjoado. Caminhei até a esquina de um prédio e vomitei. Olhei para trás e os outros policiais já o haviam liberado. Enquanto o rapaz se afastava, eu olhava seu corpo magro e feminino dentro das roupas folgadas. Voltei constrangido para o carro; me perguntaram se eu estava bem. Disse que sim. Dentro da mochila dele não havia nada. Passei o resto do plantão na enfermaria. Em algum momento, cochilei e sonhei. Não lembro o que sonhei. Quando acordei, estava excitado. Escondi a ereção me dobrando sobre o corpo. Em outro leito havia um policial. Olhei para ele e ele riu da minha cara. Será que falei alguma coisa? Sussurrei enquanto dormia? Fiquei acordado até ser liberado para casa.

03/05/2022

Passei a guardar os meus diários dentro do cofre, junto com as minhas armas. O outro local era muito acessível. Na verdade, estou pensando em queimar todos eles. Mas é tão bom escrever aqui. Escrevo o que realmente penso e sinto, sem mentiras, sem meias-verdades. Mas imagino se essas páginas são descobertas e se espalham. Penso muito em meus filhos, na minha esposa. Sim, ainda a amo e penso em seu sofrimento. Certas verdades não devem ser reveladas. Devem ser queimadas, escondidas, enterradas. Talvez continue escrevendo e, no futuro, venha a pensar se de fato devo queimá-las. Verei.

09/05/2022

Arrastamos um meliante por cerca de três quilômetros. Na perseguição, ele caiu da moto e a viatura da ronda não conseguiu frear. O arrastamos até não sobrar quase nada do seu corpo. Ossos misturados com roupas, sangue e excrementos. Paramos a viatura em um terreno baldio e retiramos o corpo. Jogamos em um valão de esgoto. A água do esgoto era escura, esverdeada, podre. Nas margens do rio, o verde da mata. Ao redor do valão, as casas empilhadas umas sobre as outras, casas sem reboco, sem janelas, sem nada, apenas paredes e tetos. Mesmo sendo meio-dia, não apareceu ninguém nas casas. Silêncio total. O corpo boiou por alguns segundos e depois afundou. Estava em carne viva. Os ossos apareciam. Retornamos para o pátio com a viatura. Ficou avariada.

11/05/2022

Hoje aconteceu algo extremamente estranho. Me recuso a anotar aqui. Apenas cito que senti uma sensação de prazer e enjoo ao mesmo tempo. Evitei as crianças e minha esposa. Evitei todos.

13/05/2022

Um colega me relatou uma situação. Falou sobre os suicídios de quase todas as mulheres de suas famílias. Vou tentar transcrever suas palavras, retirando excessos, gírias, palavrões etc. "Minha tataravó se matou enforcada. Tinha trinta e cinco anos. Deixou dois filhos, um menino, uma menina e o marido. Minha bisavó se matou tomando veneno para ratos. Tinha vinte e cinco anos e uma filha. Minha avó se matou com quarenta e dois anos. Deu um tiro de espingarda na cabeça. Deixou duas filhas e marido. Minha mãe se afogou. Tinha trinta e cinco anos. Eu tenho uma filha de quinze. Será uma maldição?"

16/05/2022

Outro relato. "Eu apenas fiz o que me pediram, levei o cara para o local. Não posso fazer nada se chegando lá torturaram o cara e fizeram com que ele confessasse tudo o que nunca havia feito. Perguntei quem havia entregado meu nome. 'Fulano e Sicrano', responderam. Verifiquei se era verdade. Você tem que ficar atento, às vezes os caras te usam para apagar desafetos que nada tem com a sua história. Verifiquei, a informação era correta. Para Fulano coloquei uma bomba embaixo do carro. Não poderia adivinhar que, naquele dia e naquele momento, ele iria sair com a família. A família inteira foi pro céu: seu filho, sua mulher, ele e dois cachorros. Para Sicrano, coloquei uma bomba no sistema de gás. Sicrano morava sozinho. Mas não poderia adivinhar que todo o sistema de gás do prédio estava interligado. A explosão atingiu cinco apartamentos. Dois idosos, cinco adultos e duas crianças morreram. Sicrano, por algum motivo, não estava no apartamento. No outro dia, fugiu do país. Nunca mais o vi. Mas ele sabe que, se voltar, explode. Adoro explodir as pessoas."

19/05/2022

Enquanto passeava com os cachorros e meus filhos no parque, um mendigo remexia em uma lata de lixo. Estava completamente sujo e o cabelo parecia que havia se tornado uma tábua. Fedia como eu nunca tinha sentido alguém feder. Um dos meus filhos, passando na segunda vez próximo dele, perguntou quem era aquilo que remexia no lixo. Respondi que era uma pessoa passando por necessidades. Ele então me perguntou se aquilo de fato era uma pessoa. Perguntei por que ele achava isso. Porque ele não parecia uma pessoa, parecia um bicho, meu filho respondeu. Liguei para a central e pedi que uma viatura o levasse. Justifiquei: estava assustando as crianças. Vinte minutos depois, o levaram.

21/05/2022

Fomos chamados para uma ocorrência em um motel. Uma garota de programa havia sido violentada e agredida. No quarto, uma bagunça completa. Tudo revirado. Sentada em um canto, a garota de programa. O seu rosto sangrava e havia algo enfiado no seu nariz. O agressor enfiou uma faca pequena, daquelas de cozinha, pela parte superior e interna da boca. A faca varou a gengiva e penetrou na região do nariz, deformando levemente o rosto da moça. O que mais me impressionou foi a beleza dela: grandes olhos azuis, um cabelo castanho volumoso que batia na cintura. Não devia ter vinte anos. Usava um vestido azul cintilante e botas de cano alto que chegavam quase no joelho. Era alta, magra, pernas imensas. Perguntei o que ela fazia ali, com tanta beleza. Ela respondeu: ganhando a vida. Não tinha ninguém. Falava com dificuldade, mas conseguia falar. No outro canto do quarto, o agressor. Completamente bêbado, drogado, apenas de cueca. Um homem de meia-idade, quarenta e cinco anos. Barrigudo e ficando careca. A aliança grande e redonda de casamento brilhava mesmo na quase escuridão do quarto. Perguntamos por que ele agrediu a moça; disse que ela não queria beijá-lo e abraçá-lo. Completou, chorando, que estava se sentindo muito sozinho, uma solidão extrema, uma solidão terrível e queria apenas um amor verdadeiro, uma paixão para encher o coração de sentimento novamente. Para não ser preso, ofereceu a aliança. Meus colegas pediram a aliança, o relógio, cinco mil em dinheiro e o seu carro. Ele disse que tudo bem. Demos dois mil para a moça e dividimos o resto. Levamos a moça para o pronto-socorro. Antes de ela ser atendida, lhe passei a aliança. Ela perguntou por que estava me dando aquilo. Não soube responder e saí de perto. E não sei mesmo por que dei a aliança para ela.

22/05/2022

Afastamento quase por completo da minha esposa. Será que ela deseja o divórcio? Caso ela peça, concedo. Sem problema. Perguntei se ela foi ao médico e ela nem me respondeu. Será que me tornei um monstro e não percebi? Talvez. Sempre tive o maior cuidado com a minha família. Posso ter me transformado sem perceber. Um monstro cheio de desejos reprimidos. Estou cansado.

24/05/2022

Sonhei com a garota de programa que teve o rosto ferido. Sonhei que era amigo dela e saíamos juntos. Não como casal, mas amigos. Ela me contava coisas de sua vida e eu contava coisas da minha. Passeávamos pelas ruas do centro de *** *****, bebíamos e interagíamos com outras pessoas. No sonho, pareço feliz, afastado da vida policial. Apesar de que a vida policial não me deprime tanto. Gosto da vida policial, mas isso é outro assunto. Em algum momento, entramos em uma boate e dançamos embaixo das luzes brilhantes que no decorrer do tempo se tornam escuras, como se os raios de luz tivessem sido cobertos. Sinto que namoro em um lugar escuro e sujo que fede, porque faço cara de nojo diversas vezes. E, apesar da minha cara de nojo, sinto que estou feliz, sinto que tenho prazer, uma grande confusão de sentimentos que no decorrer do sonho oscila e não consigo entender direito. Devido à escuridão do lugar, não sei se namoro com um homem ou com uma mulher. Apenas sei que sinto prazer, um prazer como nunca havia sentido, um prazer profundo e imenso, apesar da sensação de nojo. Percebo que meu corpo sangra e, mesmo sangrando, sinto prazer. Milhares de cheiros se misturam, masculinos e femininos, pequenos sussurros e gemidos, gargalhadas e risos abafados, mais pessoas aparecem, as luzes se ampliam e ficam claras, muito claras e fortes a ponto de me cegar. Acordo. Meus filhos estão pulando sobre mim. A cortina da janela está aberta. A minha esposa não está ao meu lado.

27/05/2022

Hoje, fazendo a ronda durante a noite pelo centro, encontrei com a garota de programa. Estava linda como da outra vez, usando um vestido branco bem justo no seu corpo, o cabelo castanho solto e pouca maquiagem. O ferimento acabou não sendo tão grave; quase não havia marcas visíveis no rosto. Estava tranquila e calma, sentada em um banco na praça. Nenhuma ansiedade. Desci da viatura e pedi que dessem uma volta pelo quarteirão e depois me pegassem. Não pareceu surpresa em me ver e disse que se lembrava de mim. Perguntei seu nome. Ela me falou. Possivelmente um nome falso. Não me importei. Ficamos conversando. Um carro parou. Um cliente. Ao me ver uniformizado, arrancou com o carro. Pensei que ela ficaria chateada, mas acabou rindo comigo da situação. Falou que eu estava afastando a sua clientela. Disse que iria embora. Falei para ela que se cuidasse. "Está apaixonado por mim, policial?", perguntou. E com um tom de voz tão natural que parecia enxergar algo que eu não conseguia esconder. Meio envergonhado, respondi que não. Mas, se um dia estivesse apaixonado por ela, falaria. Ela rio e ficou calada. Alisou o cabelo e abaixou a cabeça. Balançou um pouco as pernas cruzadas, levantou o rosto e ficou me encarando, bem séria. Dei tchau e segui para a viatura. Pelo resto da noite, não parei de pensar nela.

31/05/2022

Um rapaz foi assaltado e nos chamou para ajudá-lo. Conseguimos prender o ladrão e devolver seus pertences. Fizemos o boletim de ocorrência e depois o levei para casa, já que estava de saída do plantão e a casa dele também era caminho para a minha. Enquanto dirigia, senti uma atração muito forte. Fiquei excitado. Ele não devia ter dezesseis anos. Tive que esconder a minha ereção e me controlei para não tocá-lo. O que está acontecendo comigo? Depois que ele saiu do carro, andei mais duas quadras e parei embaixo de uma árvore. Encostei meu rosto no banco do carona e fiquei cheirando o encosto onde estava a sua cabeça, enquanto me masturbava de forma feroz e violenta. Gozei para todas as direções. O cheiro do esperma envolveu meu rosto até eu chegar em casa e limpar todo o painel, para-brisa e os bancos. Um cheiro forte e bom. O que está acontecendo comigo?

JUNHO

01/06/2022

Passei novamente na psiquiatra. Falei dos sintomas físicos que melhoraram e depois retornaram. Ela perguntou se eu havia parado de usar os remédios. Disse que não, mas que venho passando por uma situação de estresse muito forte. Ela perguntou quais são as situações. Menti dizendo: situações de trabalho. Ela pediu que falasse quais eram. Disse que não poderia falar. Ela disse que daquela sala não sairia nada para nenhum setor da polícia. Disse que mesmo assim não poderia falar. Então o senhor vai continuar sofrendo. Sim, vou continuar sofrendo. Ficamos calados. Perguntou se queria que a medicação fosse ampliada. Sim, falei. Mas você precisa me falar de seus problemas, ela disse. Não consigo. O senhor só vai piorar e piorar e em algum momento vai ter um colapso, entendeu? Precisa conversar sobre seus problemas. Caso não queira conversar comigo, pode ser com outro profissional. Posso te indicar alguém, ela disse. Disse que não precisava, agradeci e saí da sala.

03/06/2022

O aumento da medicação melhorou meus sintomas físicos. Ao menos por enquanto. Dia normal na ronda. Procurei pela garota de programa no centro e não a encontrei. Perguntei por ela para outras garotas; não sabiam dizer. Senti que mentiam. Prendemos e matamos um traficante que vendia drogas perto de uma escola. Enforcamos e arrancamos as mãos. Eu mesmo arranquei as mãos e coloquei penduradas no pescoço. Vazamos os olhos e arrancamos uma das orelhas.

04/06/2022

Sonhei novamente com a minha estátua gigante. Desta vez, ela caminhava. Em algum momento, depois de passar por várias cidades e zonas rurais, alcança a praia. Tudo se passa muito rápido. Diante do mar, ela hesita um pouco, mas logo avança sobre a praia, passa as ondas e caminha pelo oceano. No decorrer do tempo, seu corpo vai afundando cada vez mais. Percorre milhares de quilômetros durante vários dias e noites até outro continente ser avistado. A profundidade da água no trecho mais fundo, durante a travessia, chega ao pescoço, quase tocando o queixo. Alcança a praia do novo continente e ultrapassa as ondas. Avança pela nova cidade gerando horror entre as pessoas minúsculas, que me fazem lembrar daquelas formigas entre grãos de açúcar. Minha estátua sorri.

08/06/2022

Na ronda, novamente, procurei pela garota de programa e não a encontrei. Uma de suas colegas disse que ela sofreu um acidente. Perguntei que tipo de acidente. Ela me disse, olhando bem fundo nos meus olhos, que eu sabia muito bem que tipo de acidente seria. Fiquei calado. Perguntei se não teria como me passar o endereço dela ou algum contato. Ela disse que nunca faria isso, nem que eu a levasse presa. Não respondi e me afastei.

10/06/2022

Passeando com meus filhos, percebi que um deles talvez não fosse realmente meu filho. Sempre tive uma dúvida quanto a ele e ontem simplesmente assumi a certeza disso. Na verdade, acho que ele não é filho nem mesmo de minha esposa. Observando seus traços enquanto ele brincava no parquinho, tive certeza. De onde vem essa certeza, não sei. Apenas sinto essa certeza. Estranho esse pensamento. Sentir uma certeza. Minha esposa voltou a se aproximar um pouco. Tenho que tratá-la melhor e com mais respeito, com mais carinho. Não precisamos conversar sobre isso. Tenho apenas que mudar e agir. Acho que consigo. Eu a amo. Apesar de toda a confusão mental que estou sentindo nesses últimos meses.

13/06/2022

Dia pesado e violento na ronda. Um colega levou um tiro no peito durante uma abordagem que parecia simples: uma garota menor de idade, viciada em crack. Ela devia ter quinze anos, no máximo. Magra, pálida, cheia de feridas, o cabelo sebento, os dentes podres, as roupas sujas, fedendo por duas semanas sem tomar banho. Frágil como um passarinho. Os olhos assustados, cheia de ansiedade e medo, extremamente agitada. Destruída pela podridão da cidade. Nem precisamos recolher suas pedras de crack, ela retirou dos bolsos e nos deu. Na verdade, nos deu as pedras de crack para que não a revistássemos. Dois colegas a resguardavam enquanto revistávamos outros viciados. De repente, um tiro. Olhei para trás e a garota segurava um revólver 22 de cano curto, tão pequeno que era menor que a sua mão. Ela teve oportunidade de atirar em mais policiais e não atirou. Nem mesmo fugiu. Ficou parada. Quando pedimos para que ela colocasse a arma no chão, colocou sem problemas. Tentamos salvar o colega, mas ele morreu antes de chegar ao pronto-socorro. Perguntamos por que ela havia atirado no policial. Disse que ele parecia muito seu pai. O pai que a havia molestado e batia na mãe. Enquanto falava, tentava limpar as mãos trêmulas com sangue nas roupas encardidas. O tiro foi colado ao corpo do policial, um pouco acima do rim esquerdo.

16/06/2022

Saímos todos para passear. Minha esposa, depois de dois meses, saiu comigo. Fomos ao shopping e assistimos a um filme idiota. Nem lembro o nome. Apenas sei que minha esposa estava feliz e as crianças também. Fiquei no escuro da sala de cinema sentindo uma paz imensa ao ver a felicidade deles. Depois fomos tomar sorvete e jogamos fliperama. Minha esposa, em algum momento, segurou a minha mão. Comemos pizza e milhares de doces, que me deixaram meio sonolento. Voltamos para casa. Eu e minha esposa namoramos. Senti uma energia sexual fortíssima e grande prazer em transar com ela. Não sei o que dizer sobre isso. Pela primeira vez, fiz sexo oral nela. Gozou várias vezes a ponto de soltar aquele líquido que lembra urina. Disse que eu nunca havia tratado ela tão bem. Dormi com o cheiro gostoso do seu sexo esparramado pelo meu rosto enquanto ela me abraçava.

20/06/2022

Finalmente encontrei com a garota de programa. Estava no mesmo local de sempre. Sorriu quando me viu. Disse que eu estava assustando suas colegas. Falei que não era a minha intenção. Apenas queria vê-la mais vezes. Ela me olhou séria, não falou nada. Estava linda como sempre. Perguntei por que havia sumido. Um babaca me agrediu, ela disse. Chamou a polícia, perguntei. Não, ela disse. Ele era policial. Fala o nome dele, pedi. Não, não vou falar. Sou puta, não sou burra. Eu descubro. Ela riu. Você vai fazer o quê, prender o cara, perguntou. Não, matá-lo. Ela gargalhou. Gargalhando ela ficava mais linda, cheia de luz no meio da escuridão da praça. Tá bom, eu acredito, ela falou rindo. Quero te ver mais vezes, não aqui e nem dessa forma. Como se fosse um encontro, ela perguntou. Sim, como um encontro. Ela me olhou séria, levantando as sobrancelhas e cruzando os braços. Não sei se é uma boa ideia. Por quê, perguntei. Porque você é casado e não quero confusão. Fiquei calado. Ela me olhou séria. Ficamos em silêncio. Eu moro com alguém. Um amigo. Dividimos uma quitinete aqui perto. Podíamos comer uma pizza no meu dia de folga. Eu, você e ele. Na quitinete mesmo, perguntei. Sim, lá mesmo, e com meu amigo presente. Não te conheço direito ainda. Tudo bem, falei, eu topo. Ficamos em silêncio. Agora preciso trabalhar, ela disse. Tá bom, eu também. Apertamos a mão e sorrimos. A mão dela era macia, os dedos longos e quentes.

21/06/2022

Achei o policial que havia machucado a garota de programa. Conversei com algumas pessoas e rapidamente o identifiquei. Um policial civil. Escrivão. Gordo, imenso, quase cento e cinquenta quilos. Querido na delegacia que trabalhava. Separado. Dois filhos. Cinquenta e dois anos. Morava sozinho em um bairro perto do meu. Um apartamento de dois quartos em um prédio de três andares. Ele morava no primeiro andar. Esperei que fosse dormir. Simplesmente vesti uma touca ninja, pulei o pequeno portão da entrada e arrombei o apartamento, que não possuía trava ou nenhuma tranca especial. O apartamento fedia a fritura. Na sala, o sofá e a poltrona se curvavam, gastos, sob o peso dele. Nada de especial no apartamento. No final do corredor, seu quarto. Ele roncava. Dei três tiros na sua cabeça. Com o silenciador, o barulho foi mínimo. Antes de sair do apartamento, baguncei um pouco o armário no quarto, levei a carteira e sua pistola para simular um assalto. Saí sem ser visto. Não notei câmeras de segurança. Subi na moto em uma rua lateral. Retornei para casa.

23/06/2022

Na ronda, os colegas conversavam sobre a morte do policial civil. Diziam que não sabiam o real motivo, mas parecia vingança pelo modo como foi morto. Câmeras filmaram o assassino e não parecia com ninguém conhecido. A moto que usava estava sem placa. Um fantasma, disse um colega. Um fantasma assassino. Gostei do apelido. Enquanto falavam, pareciam apreensivos. Cheios de medo. Ou foi uma fantasia da minha parte.

27/06/2022

Dia feliz com a minha esposa: saímos para fazer compras no shopping. Ela estava linda, cheia de vida. Nenhum sinal de depressão. Meus filhos brincavam e corriam pelos corredores, ela caminhava lentamente, o seu corpo e cabelos brilhando quando passava pelas luzes das lojas. Nunca estive tão apaixonado por ela. E vê-la feliz me enche de uma estranha e contínua alegria. Em casa, namoramos e ela gozou em minha boca. Um gozo imenso, fluído e cheio de sabor. Meu rosto ficou com o cheiro dela mesmo depois de tomar banho. Escrevo esse diário enquanto meus filhos e a minha esposa dormem tranquilos. E, enquanto vejo a respiração dela levantar levemente o lençol sobre sua barriga, não paro de pensar na garota de programa, no seu sorriso, no seu cabelo, no seu corpo. Ao mesmo tempo, recordo do garoto que me deixou excitado. Todos esses corpos e desejos me enchem de uma excitação e uma paz como nunca havia sentido. Não sei quem eu sou. E nem quero saber. Quero viver tudo isso sem pensar.

30/06/2022

Dia maravilhoso no trabalho. Muitas ações positivas que tentarei descrever aqui, já sabendo que não conseguirei passar nem metade dos sentimentos e sensações.

Matamos um estuprador. A cena toda é muito confusa. Chegamos a uma casa próxima do lixão. A mãe chorava e mostrava a filha, que sangrava por entre as pernas. A criança tinha seis anos. Surda e muda. A mãe nos disse que, ao perguntar para a filha quem havia feito isso com ela, ela apontou para o pai. Perguntamos como ela havia conseguido comunicação com a filha. Através de gestos e sinais, ela disse. O pai estava dormindo no chão da sala, agarrado a uma garrafa de cachaça. Ficamos em dúvida sobre a situação. Questionamos a criança e não conseguimos resposta. Ela apenas nos olhava assustada. Levamos o pai. Rodamos pelo lixão e achamos um desfiladeiro, tipo uma pedreira abandonada. No fim do desfiladeiro, algumas árvores e um monturo cheio de chorume. Pegamos o pai e o jogamos. Ele rodou entre as pedras, se bateu entre as árvores e acabou no chorume. Quando afundou, despertou da bebedeira. O lago de chorume era profundo, ao contrário do que imaginávamos. Ele ficou se debatendo com os braços, tentando respirar enquanto engolia o líquido marrom e meio esverdeado. Depois, afundou.

Matamos um viciado. Uma revista de rotina em um bar no centro da cidade. Pisos pequenos e azuis envelhecidos, uma pia minúscula, um balcão de vidro encardido, copos americanos suspensos em uma grade na parede, ventiladores de teto, cadeiras e mesas de ferro, o piso azul do chão manchado em vários tons. Um bar escuro e antigo, bem bonito apesar de descuidado. O que mais me chamou a atenção foi o piso azul, pequeno, 6 por 6 centímetros, daqueles que não se fabrica mais. Enquanto olhava cada pedaço do bar, meu colega matou um viciado. Ele estava se mexendo demais, agitado, um viciado em crack. Matou ele no susto. Ele estava no dia da abordagem da menina com o 22. O viciado mexeu na blusa por acaso e o colega atirou, segundo outro colega que viu a cena. Lembro apenas da imensa mancha de sangue, que espirrou da cabeça do rapaz morto, escorrendo pelo piso azul. Uma grande mancha de sangue vermelha, escura e brilhante, avançando pelo azul-claro, azul-bebê.

Matamos um ladrão. Roubou uma loteria e fugiu em uma moto. Perseguimos por várias avenidas e pensamos que o havíamos perdido. Quando retornávamos para a loteria, ele cruza com a viatura em uma encruzilhada. Andava com a moto lentamente, apenas observando. O motorista da viatura acelerou e passou por cima do ladrão. O barulho de aço retorcido da moto se misturou com o barulho dos ossos se quebrando enquanto ele gritava. Saltamos do carro e o colocamos no fundo da viatura. Fomos para um campo de futebol de um bairro próximo. Ao redor do campo havia alguns prédios, mas naquela hora não havia ninguém nos apartamentos. E, se havia alguém, ninguém apareceu. Recolhemos o dinheiro do assalto e dividimos. Dez mil reais para cada. Dois meses e meio de trabalho. Era tanto dinheiro preso naqueles elásticos que chegava a pesar em nossas mãos. Prendemos o ladrão no escapamento da viatura e o arrastamos até suas roupas se desfazerem. Jogamos o corpo em um valão cheio de mato e esgoto.

Extorquimos um advogado. Achamos ele com uma criança de sete anos em um motel. Estava visivelmente drogado. A criança, assustada, disse que foi vendida pela mãe viciada em crack para o homem. Ela cobrou cinquenta reais por duas horas com a criança. Pedimos 50 mil reais para o advogado. Ele disse que não tinha. Prometemos levar ele e pagar 50 reais para cada preso passar duas horas com ele. Ele disse que não teríamos coragem. Colocamos ele na viatura. Entramos na delegacia. Enquanto abríamos a carceragem, ele gritou que nos daria o que queríamos. Voltamos para o motel. Pegamos a criança. Fomos à casa dele, ele abriu o cofre. Dinheiro, diamantes, joias, um revólver. Pegamos tudo. Em dinheiro: setenta mil para cada. Trezentos e cinquenta mil no total. Duas pedras pequenas de diamantes para cada. Não sabemos o valor. As joias e o revólver ficaram com o motorista, soldado da ronda, além do dinheiro e dos dois diamantes. Prometemos voltar, caso ele fizesse isso novamente. Na verdade, prometemos voltar sempre. Ele não falou nada. Levamos a criança para a casa da mãe. Conversamos com a mãe que ela teria duas opções: internamento ou prisão. Ela disse internamento. Levamos. A criança ficou no juizado de menores.

Guardei os diamantes e o dinheiro no cofre de casa. Oitenta mil reais em um dia, além dos diamantes. Daria para trocar de casa. Comprar uma maior. Cheguei tão cansado que minha esposa e filhos já dormiam. Sonhei que dava um dos diamantes para minha esposa e o outro para a garota de programa. Sonhei que me casava e que a noiva era eu. Estava lindo, todo de branco, usando maquiagem, com véu e grinalda. O marido era o rapaz que abordamos na avenida. Ele estava mais envelhecido, mais adulto, mas tenho certeza de que era ele. Beijamo-nos e uma imensa ereção apareceu no vestido. Envergonhado, cobri com o buque até ela sumir. Na noite de núpcias, o rapaz se torna a garota de programa enquanto o beijo. Rolamos pela cama e a garota de programa se torna minha esposa. Um segundo depois, minha esposa se torna o rapaz novamente. O rapaz com traços da garota de programa e com o mesmo cabelo que minha esposa. Tudo fica escuro. Sinto que tenho, no lugar do pênis, uma vagina. Sinto uma penetração. Mas quem me penetra é a garota de programa com traços da minha esposa. Segundos depois, tenho um pênis novamente e penetro uma vagina, vagina essa que está presente no rapaz. Sinto que ejaculo e gozo pela minha vagina/pênis e sinto uma vertigem macia e confortável, uma escuridão total.

JULHO

02/07/2022

Ontem foi um dia maravilhoso. Na verdade, esses dias têm sido maravilhosos, depois de certa turbulência. Finalmente me aproximei da garota de programa. Encontrei com ela no lugar de sempre. Estava linda, com um vestido estampado e florido, usava um salto alto que a deixou mais elegante. Perfumada, usava batom e o cabelo estava volumoso. Fomos caminhando para a sua casa. Como ela disse antes, era bem próximo. Paramos para comprar pizza e cervejas. A noite estava tranquila e um pouco fria. Caminhamos devagar pelas ruas quase desertas. Olhávamos e sorríamos um para o outro. O barulho dos saltos ressoava pelas ruas. O apartamento simples, com poucos objetos. Dois quartos, sala, banheiro e cozinha. Uma bela vista do centro. Sentamos para comer e conversar. Bobagens. Falamos de nossas vidas. Bebemos. Começamos a rir. Evitamos falar de violência. Falamos de nossas infâncias. Depois de um breve silêncio, nos beijamos. Sua boca é macia. Namoramos várias vezes. Faço sexo oral nela. Ela goza e espirra sobre meu rosto. Tomamos banho juntos. Namoramos novamente. Comemos e bebemos. Dormimos abraçados. O seu cheiro pelo meu rosto. Acordo para urinar e encontro com uma mulher deitada no sofá, fumando e bebendo. Cumprimento. Não é uma mulher, é um homem. Usava um vestido estampado e florido, os sapatos de saltos pelo chão. O amigo que divide o apartamento. Jovem, delicado, bonito. Apertamos a mão. A mão dele é macia, dedos longos e quentes. Sinto seu perfume. Um perfume bem masculino, amadeirado. Fico excitado e me afasto. Ele sorri. Um sorriso estranho, como se tivesse percebido algo ou sentido algo. Deito ao lado da garota. Ela acorda, percebe que estou excitado. Namoramos novamente. Dormimos abraçados. O rapaz entra no nosso quarto. Deita ao meu lado e me penetra. Fico tão excitado que namoro com a garota novamente, agora com mais força. Olho para trás e o rapaz tem um rosto feminino. Passo minha mão pelo seu corpo e não sinto pelo algum. Sinto roçar nas minhas costas dois seios pequenos, maduros e redondos. O seu cheiro também é feminino. Olho para a garota e ela possui o cheiro do rapaz, amadeirado, mas seu rosto e corpo continuam o mesmo. O rapaz penetra com mais força em mim e sinto prazer. Automaticamente, penetro com mais força na garota e ela também parece sentir prazer. Em um movimento frenético, gozamos todos juntos, ao mesmo tempo. Escurece e acordo. Ainda estou abraçado com a garota de programa. Olho para a porta do quarto e vejo um vulto que se movimenta na sala, uma sombra. Fico observando. Nada. Apenas a luz dos outros prédios iluminam a sala. Um vento frio. Volto a dormir.

04/07/2022

No trabalho, não parei de pensar na garota de programa, no rapaz que vive com ela e na minha esposa. Uma excitação constante e um pouco de ansiedade, mas nada demais. Acho que os remédios controlam. No mais, nenhum ocorrido significante. Não matamos ninguém.

05/07/2022

Sonho novamente com minha estátua gigante. Agora ela está imóvel e parece ainda maior. Sob meus pés a cidade parece minúscula e as pessoas, pequenos pontos em movimento. O prédio mais alto chega, ao máximo, no meu calcanhar. Somente meus coturnos ocupam 1/5 da cidade. As nuvens, que tocam meu tronco, se desmancham e se tornam chuva, molhando meu corpo da cintura para baixo. Aspiro o ar completamente limpo acima da poluição. Estendendo o braço na direção do sol, meus dedos da mão direita esquentam como se os tivesse colocando sobre uma fogueira. Posso sentir vida no meu corpo, mas não posso sair do lugar. Tento levantar as pernas e não consigo, apesar de senti-las. Sinto vontade de cuspir. Cuspo. Uma imensa cusparada cruza o céu da cidade e cai em uma área fora da cidade, uma zona rural cheia de depósitos e fábricas. A cusparada se torna uma enxurrada que inunda as ruas e faz transbordar um rio. Vejo as pessoas se afogando, levadas pelo líquido pegajoso e gosmento. Tenho vontade de defecar. Abaixo a calça e me inclino um pouco. Um imenso cocô duro, feio e alongado cai sobre a cidade e dezenas de prédios, carros e avenidas são atingidos. Pessoas morrem esmagadas, o trânsito para, prédios desabam. Até um avião é atingido e se espatifa no chão. Um vento forte leva o fedor das fezes. Pessoas que estão longe, quase cinco quilômetros de distância, começam a morrer sufocadas pelo odor. Pequenos pontos escuros caindo e se debatendo, sem conseguir respirar. Sinto vontade de urinar. Abro a braguilha da calça e sinto a urina quente saindo. Só que, ao contrário do que imaginava, não tenho um pênis entre as pernas, mas uma vagina pequena, rosada e raspada. Minha urina se alastra por avenidas e dezenas de pessoas morrem afogadas e queimadas pelo calor do líquido, que possui uma coloração amarelada bem forte, quase castanha. Novamente, o trânsito para, as pessoas mortas se espalham pelas ruas, os prédios ficam isolados. O tempo passa, chega a noite. A cidade se enche de luz de todas as lâmpadas e sinto que adormeço. Minha estátua sonha com uma mulher ruiva, jovem e bonita. Ainda com olhos fechados, abro a calça e começo a me masturbar. Ao contrário do que pensava, agora tenho um pênis imenso, caloso e arroxeado. Ejaculo e o esperma brilha na escuridão, caindo sobre metade da cidade como um forte borrifo. Um cheiro forte se espalha, as pessoas atingidas morrem sufocadas e imobilizadas dentro de gotas brancas gelatinosas. Carros ficam presos, prédios são atingidos e avenidas se fecham. Adormeço profundamente. A lua cheia surge no céu e ilumina meu rosto cheio de satisfação.

08/07/2022

Novo encontro com a garota de programa. O rapaz não estava. Pedimos pizza. Não transamos, ela estava menstruada. Ficamos apenas conversando, deitados no sofá e ouvindo música. Ela gosta de rap e ficou me mostrando os grupos: A Tribe Called Quest, De La Soul, Mos Def, MF Doom, Tyler The Creator, Thundercat etc. (Anotei todos esses nomes em uma folhinha de papel. Não sei por que anotei. Acho que para colocar no diário. Como uma espécie de registro.) Contei sobre o sonho que tive dias atrás e como estava se tornando recorrente. Ela disse que era sinal da minha megalomania. Rimos juntos. Ela me contou alguns sonhos. Tentarei transcrever exatamente como ela me contou, não sei se consigo. Paramos de ouvir música e fomos ver filmes. Ficamos abraçados e em algum momento dormi, sentindo o cheiro gostoso do seu cabelo no meu rosto. Depois, acordei e vim embora. O encontro hoje foi mais gostoso que o anterior. Sonhos de Isabel (descobri o verdadeiro nome dela):

"Não sei direito, mas acho que estava deitada em um lago ou uma praia, não sei dizer. Flutuava sobre a água calma e limpíssima, a ponto de conseguir enxergar o fundo arenoso com pedras. O céu não tinha uma nuvem, o sol era um pequeno círculo branco. O tempo era quente, mas havia vento constante. Estava completamente sozinha na água. Fecho os olhos e continuo flutuando. Meu corpo desliza sobre a água, carregado pelo vento. Aliso meu sexo, sinto minhas pernas tremerem e tenho um orgasmo. Percebo que ejaculo, ou solto aquele líquido. Continuo de olhos fechados. Quase adormeço. Não sinto nada. Acordo. A água está completamente branca, numa textura pastosa. Bebo a água. Ela está doce."

"Estou em uma área de campo, aberta e plana. Parece não ter fim. Não existem árvores nem construções, apenas mato, um mato ralo e constante por todo o solo. O tempo é frio, mas faz sol. Nenhuma nuvem no céu. Caminho sozinha e pareço cansada, como se estivesse andando há muito tempo. Carrego apenas uma garrafa de água. Sinto fome. Minhas sapatilhas, que não me ajudam a caminhar naquele chão, estão prestes a se desmanchar. Minhas roupas velhas e gastas balançam no vento constante. Tropeço em um torrão de terra e caio. Não me machuco. Fico deitada, descansando. Bebo água. Sou uma mulher forte. Adormeço. Sonho que aparece um homem que me pega do chão e me carrega nos braços. Acordo. Apenas o céu limpo, sem nenhuma nuvem. Permaneço deitada. Vejo um vulto escuro se projetando à minha direita. No horizonte, uma sombra pequena se movimenta. Vem na minha direção. Como o sol está nas suas costas, não consigo enxergar direito. O vulto cresce e se agiganta. Parece uma pessoa, mas especificamente um homem. Sim, é um homem. Um homem gigante com cerca de vinte metros ou mais. O homem do meu sonho. A minha salvação, meu príncipe encantado. Ele caminha diretamente para mim. Um homem imenso e bonito. Sinto seu cheiro trazido pelo vento. Um cheiro forte. Ele cresce no horizonte. O que eu levaria três horas para atravessar, ele faz em três segundos. Está perto. Vejo suas roupas, vejo melhor suas belas feições, caminha diretamente para mim. Aceno, grito, balanço os braços. Ele não me ver, não consegue enxergar. Está quase sobre mim. Levanta a perna direita para dar mais um passo e, com isso, se erguem vários torrões de terra misturados com mato, formando sulcos profundos no chão, e esses torrões caem sobre mim e me machucam. Sua perna direita desce para chegar ao chão novamente. Vejo o solado de borracha imenso, negro e sujo de sua bota, tão imenso que tapa completamente o céu e escurece o espaço ao meu redor. Grito desesperada antes da bota esmagar cada osso do meu corpo e soterrar minha voz."

"Estou em um quarto escuro, sujo e abafado. Diante de mim, um espelho reflete minha velhice. Devo ter entre setenta ou oitenta anos. Estou perto do fim, estou morrendo. Estou sozinha. Estou com fome e doente. Deito no colchão e me cubro com um pano fino. Meus ossos doem com o frio, meu corpo treme. Consigo dormir. Sonho que vejo a minha mãe deitada em uma cama. Por uma janela lateral entra a luz fraca da tarde, um vento frio percorre o quarto. O quarto cheira a lavanda e alfazema. Minha mãe dorme profundamente. Sou minúscula, um pequeno grão. Caminho por entre as suas pernas, avanço na sua vagina, chego ao seu útero quente, vermelho e macio. Deito-me e durmo."

09/07/2022

Olhei várias casas em um bairro próximo do nosso. Não posso comprar uma casa em um bairro melhor para não chamar atenção. Comprarei apenas uma casa maior e com mais espaço para meus filhos e esposa. Eles vão gostar. Achei uma ideal, mas preciso de mais 30 mil reais. Até o final do mês, consigo. Falei com o proprietário se poderia segurar a casa para mim até o final do mês e disse que pagaria à vista. Sim. Mencionei que pegaria um empréstimo. Não pretendo vender a casa que vivemos. Alugarei e aumentarei a minha renda. Além de deixar para meus filhos no futuro. Quero deixar uma casa para cada filho, além de uma para mim e minha esposa. Três casas no total. Com a renda extra que consigo na luta, até os 40 anos consigo. Tenho apenas 32. Hoje fomos ao shopping. Minha esposa estava linda, meus filhos crescendo e se tornando homens: educados, serenos e fortes. Cada dia que passa, crescem mais rápidos. O mais novo disse que quer ser médico. O mais velho, policial. Disse que eles podem ser o que quiserem. Apoio e ajudo. Voltamos para casa e ficamos vendo filmes. Deitei na rede, no final da tarde, e dormi observando o meu jardim cheio de flores. Acordei com a minha esposa também se deitando na rede. Ficamos abraçados, conversando bobagens. Ela cochilou. Fiquei alisando seus cabelos enquanto observava nossos gatos e cachorros tentando pegar as abelhas que voavam sobre as flores.

11/07/2022

Consegui em apenas uma ronda metade do que preciso para a compra da nova casa. Novamente, um homem rico e sem princípios degradando os valores familiares. O que acontece com esses caras? Não possuem vergonha? Seria o excesso de dinheiro? Como foram criados? Fiquei me perguntando enquanto caminhava pela mansão em que o médico morava. Seis quartos, 400 metros quadrados de área construída, três carros na garagem, uma esposa e duas filhas lindas. A esposa humilhada, sentada no sofá sem entender. As crianças, assustadas, olhando para nós como se fôssemos marcianos. Fizemos questão de que ele passasse pelo constrangimento. Apesar de que duvido que mude algo. Pegamos o médico com um travesti em um motel. Contratou o programa e não quis pagar o preço combinado. Enfiei até as bolas nesse vagabundo e ele não quer me pagar; tá entupido de dinheiro e fica na mesquinharia; na hora de gozar pelo cu, não se importou com isso, falou o travesti. Um homem forte, mal vestido, sem nenhum traço feminino, a não ser as roupas que usava. O valor combinado do programa foi trezentos reais. O médico tinha três mil reais em notas de cem e não quis pagar. Falou para nós que combinou trezentos reais por duas horas e não somente por meia hora. Pegamos trezentos reais e demos ao travesti, liberando-o depois. Dividimos o restante e falamos que ele teria que nos dar mais, senão o autuaríamos e prenderíamos. Pedimos 15 mil para cada. Erámos quatro na ronda. Ele disse que era impossível. Jogamos ele no camburão. Depois de dois minutos, disse que tinha o dinheiro. Seguimos para sua casa. Em um fundo falso, vários maços de dinheiro, joias, relógios, diamantes e até barras de ouro. Pelo cálculo que fizemos, cem mil no total. Disse que queria minha parte em dinheiro, não me importava em levar menos. Levei 15 mil em maços. Os outros três colegas devem ter levado 18 mil cada, mas teriam que revender o material. Achei justo. Falamos que voltaríamos daqui a seis meses e que queríamos tudo em dinheiro, nada de objetos. Ele falou que iria nos denunciar. Apenas rimos e saímos. Seis meses, nem mais e nem menos, falei. Ele ficou calado. Na sala, a esposa nos parou e perguntou o que ocorreu. Nada, ele apenas atropelou um bêbado. Para liberá-lo, viemos aqui. O seu marido é um bom homem, falei. Ela riu. Sabia exatamente o que ele havia feito. Depois do riso, seu rosto se encheu de tristeza, uma tristeza infinita. Quando saímos, ela alisava suas joias penduradas no pescoço, que brilhavam embaixo da luz forte da sala alva, ampla e limpa. As meninas brincavam sobre o sofá imenso e macio.

15/07/2022

Estava observando minha vida e percebi que nunca estive tão feliz. Tudo o que desejo simplesmente vou lá e faço, sem amarras. Apenas mantenho ocultas certas verdades porque podem ferir pessoas que amo. Amo meus filhos, amo minha esposa, estou amando a Isabel, amando meus sonhos, meus desejos por homens, meu trabalho, tudo uma grande e maravilhosa vertigem de prazer e realizações. Quero o meu mundo perfeito e nada mais. E quero agora.

16/07/2022

Dia tranquilo em casa. Senti saudade de Isabel e liguei para ela. Perguntei pelo seu amigo. Ele estava lá, dormindo no sofá. Perguntou se eu estava com ciúmes. Disse que não. Perguntei por perguntar. Marcamos um encontro para amanhã. Depois, fiz compras com a minha esposa. Ajudei o jardineiro com a mudança de alguns jarros de plantas no quintal. Tomei banho e me deitei na rede. Fiquei olhando para o céu completamente azul até dormir.

19/07/2022

Consegui o restante do dinheiro para comprar a casa e um pouco mais. A história é longa, mas contarei o mais rápido possível. Estou cansado e quero tomar um banho. Percebemos um assalto em andamento a uma joalheria. Em vez de evitarmos o assalto, permitimos. Cinco ladrões, bem armados: escopetas, fuzis, bem treinados. Descobrimos que dois eram policiais de outro estado. Os seguimos de forma tranquila, sem chamar atenção. Entraram em uma casa pequena de uma rua deserta quase fora da cidade. Invadimos a casa duas horas da manhã. Sem fazer barulho. Todos dormiam e ninguém reagiu. Joias, diamantes, relógios: quase duzentos mil, segundo meu colega. E cem mil em dinheiro. Um assalto impressionante. Disseram que estudavam o lugar há dois anos. A joalheria é protegida por outros policiais, que forneceram o ponto. O dono não esperava nunca ser assaltado devido à proteção, por isso essa quantidade de mercadoria. Uma loja pequena e há mais de cem anos com uma família judia no mesmo local. Foi entregue justamente por eles. Dois policiais eram da *****. Tentaram negociar. Ficaríamos com metade e a outra metade seria deles, além dos quatro que não eram policiais. Não aceitamos. Eles disseram que se fossem mortos haveria retaliação e muito sangue iria jorrar, sangue inocente. Na hora pensei na minha família, como um raio cheio de imagens. Atirei na cabeça dos dois policiais no mesmo instante. Um princípio de confusão, gritaria, logo controlada. Matamos os ladrões com facas para não fazer barulho. Carregamos o material. Dividimos entre cinco, em parte iguais. Sessenta mil para cada. Consegui o dinheiro para a casa, para a reforma, a papelada do cartório e a troca do carro. Ainda terei cinquenta mil em joias, relógios e diamantes guardados. Vitória. Prosperidade. Amanhã, quero ver a Isabel.

22/07/2022

Somente hoje consegui encontrar com a Isabel. Saímos para almoçar. Ela estava linda, com um vestido florido e o cabelo solto. Enquanto ela comia, percebi o quanto suas mãos são delicadas e pequenas, os dedos compridos e finos. Comia devagar, o sol iluminando seu rosto, a sua pele macia, alva e sem manchas. Os ombros magros e compridos estavam descobertos, com as pontas do cabelo espalhados ao redor. Parecia uma pintura. Terminamos o almoço e nos sentamos em uma praça perto. Embaixo da sombra de uma árvore, conversamos bobagens sobre o tempo, o passado. Os raios de sol fragmentados pelas folhas da árvore iluminavam seu sorriso. Quando ventava, um véu de sol se movimentava sobre seu corpo. Caminhamos pela praça e tomamos sorvete. Em algum momento, peguei na sua mão, de forma bem natural. Sorrimos um para o outro. Sua mão suava. Ela disse que estava sonolenta e voltamos para o apartamento dela. Namoramos e ficamos abraçados olhando o céu da tarde pela janela. Adormeci com o rosto entre seus cabelos, sentindo seu perfume. Quando acordei, já era noite. Fizemos café e comemos bolachas. Lembrei de seu amigo.

Ele estava viajando. Ela deitou no sofá e fiz massagem nos seus pés. Ligamos a televisão. Um colega dava entrevista para um programa. Mudei de canal. Seus pés eram finos e delicados, iguais às suas mãos. Depois de alguns minutos, ela dormiu. Continuei fazendo a massagem até sair do sofá, sem acordá-la. Lavei os pratos e limpei a cozinha. Arrumei a cama do quarto. Colocando um lençol dentro do armário achei um caderninho. Abri. Parecia um diário. Fechei, sem ler nada. Voltei para a sala e ela ainda dormia. Completamente relaxada. Ajeitei o seu cabelo que lhe cobria o rosto. Ela não acordou. Voltei para o quarto e coloquei embaixo do travesseiro três mil reais. Deixei um bilhete dizendo que não se ofendesse, e não conversei porque ela não havia acordado antes que eu saísse. Era apenas uma forma de ajudar. Saí e tranquei a fechadura, empurrando a chave pela parte de baixo da porta.

25/07/2022

Revisão com a psicóloga. Falei sobre os efeitos do remédio e como ele estava me dando equilíbrio. Ela ficou feliz. Falei de forma sutil, meio de viés, sem assumir nada, apenas presumindo, da violência que cerca meu trabalho. Falei também sem assumir de que forma gosto dessa violência e o quanto ela me faz bem, apesar da ansiedade que essa mesma violência gera. Também falei do meu medo, sem assumir nada, apenas citando que aquele pensamento não era meu, mas de um colega de trabalho muito próximo, de sofrer alguma vingança de outros policiais e marginais que poderiam se sentir prejudicados com as minhas ações, no caso, as ações do meu colega, sempre corretas e nunca fora das leis que regem o país. Ela me falou, também de viés, que se essas ações fossem corretas de fato, nada deveria temer, no caso, meu colega. E quanto às vinganças e perseguições, meu colega devia presumir que, diante de cada ação há uma reação, e nem sempre essa reação é justa, ou seja, nem sempre sofremos uma reação por algo que de fato fizemos, mas por algo que aquela pessoa que se vinga acha que fizemos, sem ter muita certeza de seus atos. Logo, um ato de violência e retaliação fazia parte do acaso do mundo e poderia atingir qualquer ser humano. Como meu colega era policial, um ato de violência e retaliação seria mais fácil de acontecer devido ao ambiente em que ele estava inserido. Mandou que eu continuasse a medicação e qualquer coisa poderia procurá-la que ela estaria à disposição para ajudar. Perguntei se poderia lhe dar um abraço. Ela aceitou e nos abraçamos. Senti uma estranha vontade de chorar, mas me contive.

29/07/2022

Comprei a casa e paguei toda a papelada. Minha esposa adorou o tamanho dos quartos e meus filhos, o espaço no quintal. Terá uma pequena reforma e daqui a quinze dias nos mudamos. A casa em que vivemos, alugarei. Amanhã compro o carro novo. Minha esposa e os meninos irão escolher o modelo. A felicidade deles me enche de paz.

AGOSTO

03/08/2022

Sonhei novamente com a minha estátua. Estava maior que anteriormente, muito maior. A cidade agora era apenas um borrão, uma mancha cinzenta com pequenos pontos escuros dentro dela em constantes movimentos: caçambas, caminhões e aviões, veículos grandes, tudo ao redor das minhas botas. Estava tão alto e gigantesco que não conseguia enxergar mais os veículos pequenos. E muito menos as pessoas. Os dias e as noites passam. O sol está menor, quase uma bola de gude dourada que cabe na palma de minha mão. A lua tem o tamanho de um grão, um grão feio, morto e cinzento. Consigo ver a borda da Terra com seu halo de luz translúcido, todos os continentes, países, oceanos, as tempestades que duram dias e os vulcões em erupção, os outros planetas do sistema solar, cada um com uma cor e brilho diferente. Tornei-me um gigante monstruoso, maior que qualquer planeta. Sinto tédio e começo a caminhar. Cidades inteiras são destruídas quando piso no chão. Deixo marcas profundas, um buraco com quilômetros de profundidade com as exatas estrias da sola da minha bota, um maremoto se forma quando piso no oceano pacífico. Caminho como um Deus. Um Deus, não. O Deus. Chego à borda da Terra e estendo o braço. Ao contrário do que pensava, a Lua é menor que um grão, ou melhor, parece um grão de areia minúsculo. Esmago-a e espalho seus restos pelo espaço. Os oceanos e a Terra tremem sob meus pés, como se estivessem em convulsão. Olha para trás pela última vez. A Terra começa a se desmanchar. Pequenas explosões, pequenos barulhos (gritos humanos?), pequenos fogos e depois o nada. Pulo para o espaço, meu corpo flutua por entre as estrelas, estrelas e escuridão. Sorrio. Um novo planeta se aproxima e meu corpo treme de êxtase.

05/08/2022

Mudamos para a casa nova. Minha esposa e filhos adoraram ainda mais o quintal, os quartos, todos os espaços. Passamos o dia limpando o que havia sujo e arrumando os armários e camas. Conversei com a minha esposa que depois compraríamos móveis novos, já que com a compra da casa fiquei liso. (Mentira. Ainda tenho os diamantes e algum dinheiro, mas são para uma emergência até conseguir mais.) Ela disse que tudo bem: a compra da casa já estava ótimo. No final da tarde, ficamos no quintal bebendo cerveja enquanto meus filhos brincavam no vasto quintal. O sol e a luz os cercavam enquanto eles corriam e se molhavam com os jatos de água da mangueira. Minha esposa apenas ria, completamente calma e feliz, bebendo sem pressa, o sol iluminando seu sorriso. Estava linda, como sempre esteve. Eu a amo profundamente, assim como os dois filhos que ela me deu. À noite, namoramos e ela gozou duas vezes. Dormimos abraçados, ambos sentindo a respiração do outro.

09/08/2022

Matamos um estuprador. Teve um surto e estuprou a filha, a sobrinha e uma vizinha, todas crianças entre seis e sete anos. Perguntamos por que ele havia feito aquilo. Não soube responder. Disse que tudo ficou escuro e depois ele desmaiou. A família falou que ele é pacato e tranquilo, assim como a vizinhança. Pensamos em jogar ele na delegacia, mas também temos filhas, sobrinhas e vizinhas. Arrancamos suas orelhas e fizemos ele as comer. Arrancamos seu pênis e saco escrotal. O violentamos com um cassete enrolado com arame farpado por cerca de duas horas.

Furamos seus olhos e arrancamos os dentes e as unhas com alicate. Ele desmaiou, sangrou e morreu. Esquartejamos o corpo, queimamos e depois enterramos os ossos. O homem era duro. Em momento algum pediu clemência ou chorou. Aguentou tudo calado, sem nem mesmo gritar ou gemer. Era magro, franzino, mulato e ficando calvo. Um homem comum. Devia ter, no máximo, trinta e dois anos. Ninguém comentou nada, mas todos os policiais ficaram assustados com a sua resistência.

10/08/2022

Relatos do plantão:

"... não, não foi assim. O argentino veio somente e especialmente para organizar o grupo. Ele fez uma porrada de curso nos Estados Unidos: estudo sobre o terrorismo e suas táticas, estudo de guerrilhas, estudos de contrainformação, estudos de tortura, psicologia da confissão e persuasão, e por aí vai. Ele cobrava caro, não saía barato organizar um grupo. Ele era chefe de seu setor na argentina. Fazia segurança tanto do presidente, como dos traficantes. Segurava nas duas pontas, como todo mundo. Todo mundo tem família e o mundo está aí para ser vivido e sangrado. Mas isso não vem ao caso. Um dia antes do assalto ao banco, cercaram a casa e prenderam todo mundo. Prenderam, mas não levaram. Nossos parceiros queridos fizeram um acordo com os ladrões: deixavam eles fazer o assalto, mas metade do butim seria deles. Todos concordaram, menos o argentino. Ele, óbvio, não disse nada na hora. O assalto foi feito. Tudo perfeito. Sem tiro, grito ou barulho. Entraram e saíram do banco como se fosse uma operação bancária normal. O cara era bom. Meio italiano e meio árabe, como quase todos os argentinos. Mas isso não vem ao caso. O dinheiro foi partilhado, sem estresse. O argentino juntou os ladrões brasileiros, tudo cagão, e disse que aquilo estava errado, que a operação foi toda deles, que deveriam se organizar e recuperar o dinheiro e sangrar os caras que os haviam roubado. Nenhum deles quis. Como disse, tudo cagão. Ele não falou nada e partiu. Como tinha muitos contatos, rapidamente conseguiu a ficha de cada um. Agiu rápido, para que não ligassem os crimes a uma única pessoa. Sozinho e em apenas dois dias, matou os cinco policiais e recuperou todo o dinheiro roubado, ainda levou o que encontrou de valor nas casas dos caras. Depois, voltou para a Argentina. Alguns dizem que vive no mesmo endereço em Buenos Aires, segurando as duas pontas. Ninguém foi atrás dele."

"O cara ficou escondido dois dias no banheiro mais infecto que pode existir, aqueles de beira de estrada, aqueles banheiros esquecidos pela humanidade e que os insetos e moscas já tomaram conta. Ninguém entrava no banheiro devido ao fedor que emanava. Ele ficou lá, dois dias, quarenta e oito horas, em silêncio total. Apenas mijando e cagando e bebendo um pouco de água que levou. Quando o outro policial apareceu, ele saiu do banheiro como um demônio saído do inferno e esfaqueou o cara duzentas vezes: oitenta vezes no rosto, trinta vezes na região onde fica o coração, quarenta vezes na barriga e cinquenta vezes na região do pênis e do saco escrotal. Óbvio, esses números não são tão precisos, mas dizem que a quantidade de estocadas pode ter sido até maior. O motivo, meus colegas? O motivo é desconhecido."

12/08/2022

Visitei Isabel. Uma atração louca por ela, uma atração física e emocional, como uma grande paixão. Quando a vejo, sinto até enjoo e taquicardia, que passa quando finalmente nos tocamos. O mundo parece se diluir quando a vejo, tudo se torna mais leve. Hoje não saímos do seu apartamento, namoramos o dia inteiro e pedimos comida. Entre os namoros, conversamos muito sobre milhares de coisas, rimos e gargalhamos. Agradeceu o dinheiro que lhe dei e disse que não iria recusar. Estava precisando. Mas que dá próxima vez conversasse com ela antes. Aceitará somente quando estiver precisando, como é o caso agora. Disse que tudo bem. Ficamos abraçados e nos alisando em silêncio, vendo a chuva escorrer pela janela até dormirmos. Acordei em algum momento e levantei da cama. O apartamento estava às escuras. O amigo dela estava deitado no sofá da sala, fumando e usando roupas de mulher. Usava uma maquiagem pesada. Acenamos um para o outro. Ele parecia estar com sono ou drogado. Na verdade, parecia as duas coisas. Tinha pernas bonitas, compridas e fortes, pernas bem femininas. Fiquei excitado e não escondi a minha excitação. Ele olhou para o meu pênis e depois para mim. Não falou nada, continuou fumando. Levantou-se do sofá e entrou no seu quarto sem olhar para mim ou falar qualquer coisa. Voltei para o quarto de Isabel e a abracei. Continuava excitado. Ela acordou e me abraçou. Namoramos de forma sonolenta e dormimos logo em seguida.

15/08/2022

Relato que Isabel me contou no dia 12/08/2022, contado pelo amigo que divide o apartamento com ela.

"Ele me contou mais ou menos assim. Na verdade, foi exatamente assim, tenho quase certeza. O rapaz nasceu no interior de *** *****. Uma cidadezinha pequena, apenas 7 mil habitantes, estradas de terra, pequenos comércios e o trabalho com cana de açúcar como o melhor trabalho, mas muito pesado, políticos ladrões etc. Pessoal forte da roça, que não leva desaforo para casa, orgulhosos e valentes. O pai do rapaz trabalhava nas plantações de cana desde os doze anos. Nasceu em uma cidade próxima. Aos dezoito, matou um homem em uma briga de bar.

Nem foi condenado, legítima defesa, ficou apenas cinco dias preso na delegacia da cidade. Aos vinte, matou outro, também briga de bar. Legítima defesa, ficou um dia na delegacia. Aos vinte e três, o pai do rapaz conheceu a mãe do rapaz. Casaram. O pai do rapaz parou de matar gente. Não ria. Não ria, senão me perco. Onde estava, meu deus? Sim, lembrei. Os pais do rapaz casaram e construíram uma casa pequena. Por incrível que pareça, o casamento deu certíssimo. A mãe do rapaz era gentil e amável com o marido, mas também era firme, sabia da fama dele de matador. Disse que o respeitaria na mesma medida que ele a respeitasse: sem gritos, sem ofensas, sem agressões de qualquer tipo, sem controle financeiro, sem ciúmes, sem traições de ambas as partes. Ele concordou e viveram em harmonia por toda a vida. Ela voltou a estudar, mesmo com o tempo apertado. O marido a seguiu nos estudos, mesmo cansado pelo trabalho. Terminaram o segundo grau juntos. Ele parou de estudar, mas conseguiu ser promovido na fábrica de cana-de-açúcar. A mãe se formou em administração e foi trabalhar no mesmo lugar. Os dois iam juntos para o trabalho. Ela era uma chefe rígida e ao mesmo tempo justa com todos. E o marido a ajudava em tudo. O quê? E o rapaz? Calma, estou contando o contexto. Você tem plantão hoje? Sossegue. Desses dois seres brutos, fortes e determinados nasceu um rapaz, o único filho do casal. Fisicamente, bem parecido com o pai: baixo, forte, troncudo. Mas com a natureza da mãe: doce, amável, determinado e firme. Desde criança, seu lado feminino já transparecia. Na adolescência, era impossível esconder. O pai, ao contrário do que você está pensando na sua cabeça de policial e pelo que contei até agora, nada fez quando percebeu, muito pelo contrário, deixou que todo esse lado feminino se aflorasse sem empecilho algum. Não está pensando nada? Hum, sei. Você faria o mesmo que o pai dele? Hum, meu gato, eu sei, eu acredito, você é um bom moço. Voltando. O rapaz cresceu e logo demonstrou quem era, sem pudor e com apoio dos pais, um apoio tácito e velado, mas um apoio. Um lugar pequeno como aquele, como não poderia ser diferente, teve muito preconceito. Ele, forte e determinado, não se importava com o que falavam dele, apenas alertava que não aceitava ser tocado por ninguém, tipo, ser agredido. O corpo dele era sagrado, sua fortaleza. Um dia foi de vestido para a escola, vestido e maquiado. Alguns riram, outros gritaram, mas ninguém o tocou. Tinha apenas quinze anos. Os pais foram chamados e disseram que apoiavam o filho e que não viam problema nele se vestir como se vestia, nem mesmo com a sua opção sexual. E quem falou essa última parte foi o pai. Os outros pais começaram a reclamar e exigiram a expulsão do traveco, como eles falavam, ou tirariam seus filhos da escola. A escola chamou o aluno problema para conversar, se ele poderia reduzir a maquiagem ou não vir de vestido para a escola, mas ele estava irredutível, não mudaria seu estilo. A escola o expulsou. Os pais conversaram com ele e o melhor seria que ele fosse para uma cidade maior, ou a maior cidade possível. Ajudariam ele com tudo que poderiam ajudar e apenas pediram que ele nunca abaixasse a cabeça para ninguém, ninguém. Então, ele veio para *** *****. Achou um ambiente mais aberto, mesmo assim com preconceitos. Um belo dia, um rapaz na escola o empurrou. Seguindo seus princípios, ele socou o rapaz até o sujeito desmaiar. Delegacia, os pais foram chamados, ele foi expulso. Os pais disseram que ele fez o correto e que tinham orgulho dele. Nessa época, seus pais haviam comprado a fábrica de cana-de-açúcar que trabalhavam e dobrado os lucros. Ele foi estudar em outra escola. Na escola, sua fama de mau se espalhou, não se sabe como, já que a escola nova era bem distante da anterior. Talvez algum professor? Sim, pode ser, os professores se conhecem e fofocam. Como? Policiais não fofocam? Hum, sei, me engana que eu gosto. Só trocam informações? Hum, sei. Fica quieto que quero terminar a história. Onde estava mesmo? Sim: na nova escola, sua fama de valente correu e ninguém mexeu com ele. Os valentões abriam caminho para ele passar, as meninas ficavam encantadas com a elegância dele, elegância essa que elas não conseguiam reproduzir. No decorrer do tempo, o fato de ele se vestir de mulher foi completamente aceito. Os professores e o corpo docente acharam que a presença dele fazia com que os outros alunos exercitassem a tolerância e o respeito pelo outro. E basicamente foi isso que aconteceu. Como? Sim, tinha que ser um rapaz com uma personalidade forte como a dele. Outro, não aguentaria a pressão. Forte como uma rocha, forte e feliz. Foi o melhor aluno de sua turma e se formou com louvores. Fez boas amizades entre os colegas e era amado por uma grande maioria, que diziam que ele possuía um excelente caráter. Fez vestibular para medicina e passou em quinto lugar. Continuou trabalhando e com cinco anos, quando o normal são seis ou sete anos, se formou. Como estava com saudade dos pais, voltou para sua antiga cidade e começou a atender a população, cobrando bem mais barato pela consulta e às vezes nem cobrando. Os pais agora eram ricos, talvez os mais ricos de toda a região. Não entendi? Não namorava? Dizem que ele tinha alguns encontros, mas estava tão focado nos estudos e trabalho que não sobrava muito para outra coisa. Mas foi bom você perguntar isso, porque daí vem o final da história contada pelo Ivan. Ivan? Sim, o nome do rapaz que mora comigo é Ivan. Eu te falei o nome dele, acho que você esqueceu. Voltando. No interior, ele continuou estudando e planejava se especializar em geriatria. A vida corria como um trilho, com todos seus objetivos sendo alcançados. Até que ele conheceu um jovem, um menino lindo de apenas dezesseis anos e se apaixonou. Sabia dos empecilhos, mesmo assim insistiu. O garoto correspondeu e logo os dois estavam apaixonados. Sabiam dos preconceitos que sofreriam, mas tentaram. O pai do jovem ficou sabendo e prestou queixa na delegacia, acusou o médico de abuso infantil. As partes foram chamadas e o jovem negou ser induzido a algo. Tudo foi consentido. O delegado encerrou o caso e aconselhou o pai a deixar seu filho viver a vida dele e ser feliz. O pai disse ao delgado que ele falava isso porque não tinha um filho como o dele. O pai era plantador de cana, bruto, ignorante e machista: bebia e espancava a mulher e os filhos. Depois de o filho começar o namoro, era a piada de todos os bares que o pai frequentava. Uma vez foi retrucar uma piada que lhe fizeram acerca do filho e tomou uma surra, ficando três dias no hospital. E advinha quem cuidou dele? Sim, o genro querido. Muitos falaram depois que, se não fosse pelo atendimento dele, hoje ele estaria morto. O que explica como o destino é injusto e Deus não existe. O amigo médico de Ivan e o seu jovem namorado resolveram viver juntos. O jovem começou a trabalhar no consultório do parceiro por meio período e estudava à tarde. Tudo corria bem. No final do ano, planejavam viajar. Os pais do médico estavam felizes com a felicidade do filho, sempre viram ele muito focado nos estudos e trabalho, uma paixão o faria bem. Conversavam entre si que o pai do rapaz, com o tempo, iria aceitar a relação do filho e os deixariam em paz. Terrível engano. Não entendi o que você disse. Precisa ir embora? Calma, vou terminar a história, seu chato. Ao contrário do que os pais pensavam, o pai do jovem não somente não aceitava a relação do filho com outro homem, como ficou puto da vida por ter sido salvo pelo genro. Nas bebedeiras, disse que também foi usado e molestado pelo médico. Os outros bêbados nem falavam mais nada, para não criar mais confusão. Na verdade, até eles torciam por um desfecho tranquilo para a história e que o pai aceitasse o destino do filho. Eles também tinham filhos e parentes, e queriam que tudo terminasse bem. Mas o pai, psicopata, não queria um desfecho feliz. Pegou seu revólver 38 e passou fogo no genro que havia salvado sua vida e no próprio filho, quando os dois saíam do consultório, depois de um dia de trabalho. Descarregou o tambor com seis balas, carregou novamente e atirou mais cinco vezes. Vendo a cena do filho abraçado com o seu parceiro no chão, como se ambos, antes de morrer, apenas tivessem pensado em proteger aquele que amava, deu um tiro na própria cabeça. O seu corpo, na queda, acabou sobre os corpos dos dois. Em minutos, uma grande poça de sangue se formou, misturando todos os sangues."

18/08/2022

Um colega foi morto hoje. Uma grande loucura. Estava saindo de casa e foi morto. Tiros de fuzil (policiais de outro estado?). Não levaram a moto, nada. Clara execução. Na frente da mulher e dois filhos. Dois homens encapuzados em uma moto sem placa (vingança?). A moto foi achada um quilômetro de distância, abandonada. Nenhuma digital achada. Profissionais (colegas próximos?). Colegas comentaram sobre a vida dele. Tudo normal, nada muito diferente da vida de qualquer policial. Conversamos que devíamos ficar vigilantes (mas quando não estávamos vigilantes?).

21/08/2022

Um bom domingo com minha família. A casa está cada vez mais bonita. Minha mulher comprou plantas novas e meus filhos fizeram um espaço apenas para eles em um dos cantos do quintal. Fizemos churrasco e bebemos cerveja. Instalei as redes e passamos a tarde juntos, abraçados, vendo meus filhos brincando e o movimento do sol sobre as plantas. Tiramos pequenos cochilos e nos excitamos. No final da tarde, eles entraram para seus quartos e namorei com a minha esposa na rede. Bebemos outra cerveja e ficamos vendo o sol sumindo e as plantas sendo cobertas pela noite. Saímos da rede. Meus filhos jogavam vídeo game enquanto eu molhava as plantas e minha esposa pedia pizza. Meus filhos comeram e foram para seus quartos. Namoramos novamente enquanto tomávamos banho e depois dormimos abraçados. Durante a noite, sonhei com Isabel, mas não recordo completamente do sonho a ponto de escrever aqui. Só lembro que ela estava linda.

22/08/2022

A morte sempre ao meu lado, caminhando comigo. Talvez por isso essa vontade de alimentar cada desejo, cada impulso: sexual, físico, o prazer pela violência e sangue. Não levarei nada mesmo. E possivelmente terei uma morte violenta em algum momento, como ocorre com cada oito entre dez policiais. Por tudo isso quero todas as paixões possíveis, todos os amores, meu coração rápido e furioso. E quero agora. O amor dos meus filhos, da minha esposa, de Isabel, do Ivan; o corpo para tortura do inimigo, que pode ser qualquer pessoa, inclusive um colega. Quero sem dividir, quero da forma mais egoísta possível, quero somente para mim, até o último respiro, último pulsar e último segundo de vida.

26/08/2022

Sonhei com a minha estátua. Ainda estava no espaço, flutuando na escuridão, cercado por planetas e estrelas. Meu corpo desliza e se choca com outro planeta. Um planeta cinzento, morto, apenas poeira e rochas. Sinto fome. Como um punhado de areia misturado com rochas. Gosto de nada, mas a minha fome diminui. Como mais um pouco e sinto um leve gosto de algo que não sei definir. Prazer. Como mais um pouco e mais um pouco e mais um pouco. O planeta dá duas voltas ao redor do sol. Sem estar completamente saciado, termino o último pedaço do planeta devorado e volto a flutuar no espaço. Escuridão e estrelas. Outro planeta se aproxima. Sinto fome.

29/08/2022

Estava de folga comprando adubo para as plantas do quintal e encontro com Isabel no centro da cidade. Estava acompanhada por um senhor e uma senhora de idade. Ambos tomamos um susto e não pudemos evitar de nos falar. Disse que eu era um colega de faculdade e me apresentou seus pais, não biológicos, mas os que a adotaram. Realmente, não pareciam com ela. Conversamos bobagens e nos despedimos. Entrei em um restaurante próximo e liguei para ela. Ela apareceu quase correndo. Estava linda e nervosa. Perguntei se era verdade que eles eram os pais adotivos. Sim, respondeu. Óbvio que ela não mencionava o que fazia para viver e sobre a mentira da faculdade. Parecia apreensiva sobre alguma coisa, talvez pelo fato das mentiras que teve que inventar ou sobre os pais. Falei que se acalmasse, não estava julgando-a ou qualquer coisa, só queria saber a verdade. Ela se acalmou e sorriu. Disse que tinha que retornar. Fez um movimento para me beijar e eu recuei. Levantei da cadeira e apertei a sua mão. Ela entendeu, deu outro sorriso e partiu.

30/08/2022

Consulta com a psicóloga. Falei que estava bem quanto aos remédios, não sentia mais nenhuma palpitação ou tremor e que iria continuar com a medicação. Falei de alguns pensamentos que estava tendo. Ela perguntou se os pensamentos eram meus ou do meu amigo. Rimos juntos. Falei sobre a sensação de perseguição, sobre a execução de nosso colega bem na frente da família.

Ela disse que essa sensação era natural devido ao trabalho que exercia. Até mesmo quando me aposentasse essa sensação persistiria, não teria como fugir dela. Poderia apenas me tratar para a paranoia não ficar constante a ponto de atrapalhar minha vida e gerar uma ansiedade muito grande. Uma simples terapia ajudará muito. Falei também sobre os pensamentos que tinha com relação à minha esposa e Isabel, mas mencionei apenas minha esposa. Comentei do medo que tinha de perder o amor dela(s), cometer algum erro ou ser agressivo em algum momento de muito estresse, como não conseguiria viver sem ela(s), até mesmo alguns dias distante dela(s) já me causava imenso sofrimento. Em alguns momentos, não conseguia captar o que ela(s) sentia ou entender exatamente o que havia falado, como se ela tivesse falado em código comigo, como se quisesse que eu percebesse algo que não poderia ser completamente expressado por meio de palavras. Ela disse que existe certo exagero da minha parte, tudo pode ser expresso completamente pelas palavras. Talvez sua esposa não queira, simplesmente, te falar algo de forma objetiva, mas que você enxergue por si só. Homens, na maioria das vezes, tendem a diminuir a mulher ou desenvolver exageros. A mulher é um ser completamente igual ao homem, e vice-versa. As únicas diferenças é a questão hormonal e sexual, que gera pequenos espaços de atrito entre os dois, quase nada. A natureza, o psicológico, sensibilidades, questões éticas e morais, princípios e caráter, são completamente semelhantes e podem estar em ambos na mesma medida. Esse exagero pode ser superado se você racionalizar toda essa situação e perguntar exatamente o que quer saber, sem mais--palavras ou meias-perguntas, para a sua esposa. Não se engane: um homem é tão sensível quanto uma mulher, assim como uma mulher pode ser tão violenta quanto um homem. Basta ter oportunidade para isso.

SETEMBRO

02/09/2022

Encontro com Isabel. Estava linda com um vestido azul, o cabelo solto, os olhos claros contra a luz. Apenas vê-la caminhando na minha direção, bem lenta e em paz, já me alegrou. Passeamos e fizemos compras. Almoçamos e ficamos observando um casal idoso ao nosso lado. Os dois almoçavam e às vezes se tocavam com as mãos, sorrindo um para o outro, felizes como se fosse um encontro de duas pessoas apaixonadas. Escutando a conversa, percebemos que eram casados, apenas não usavam aliança. Muito tempo, pouco tempo, quem sabe. Isabel repetiu o gesto dos dois e ficou alisando a minha mão. Alisei a dela. Saímos do restaurante e caminhamos pelo centro, sem destino certo. Fiquei observando-a caminhar na minha frente, a forma como ela parava para olhar os objetos, a forma macia e lenta ao se movimentar e tocar em qualquer coisa. Seu cabelo brilhava no sol, seus ombros finos e delicados com pequenas gotas de suor. Sentamos em uma praça. Retirei cinco mil reais e dei para ela. Com um gesto, recusou. Disse que não precisava, que ainda tinha o que havia dado no mês anterior. Insisti, e ela não aceitou. Pareceu ficar chateada. Perguntei se ficou chateada. Ela disse que não. Mas ficou chateada. Guardei o dinheiro e fiquei calado. Senti que ela queria falar alguma coisa, mas não falou nada. Voltamos para o seu apartamento e esquecemos o assunto. Namoramos como sempre. Ivan, o amigo, não estava. Relatou alguns sonhos que estava tendo e um sonho que Ivan havia lhe contado. Ficamos conversando e dando risadas das histórias que ele contava. Lembramos dos idosos no restaurante e de como era bonito o amor deles. Em algum momento, ficamos apenas nos olhando e alisando o rosto um do outro. Falei que estava apaixonado por ela. Ela riu e falou que já sabia disso. Rimos. Sentimos sono e dormimos, os rostos colados, a respiração quente dela sobre minha boca.

05/09/2022

Três garotos roubaram um carro. Perseguimos. Três garotos drogados e assustados como baratas. Fechamos o carro em uma rua sem saída. Encurralados, saíram do carro como se estivessem jogando videogame, atirando sem proteção alguma, de peito aberto. Fuzilamos os três. Nosso colega, no banco do carona, levou um tiro bem no olho esquerdo e morreu na hora. Um dos garotos permaneceu vivo, levou apenas dois tiros de raspão. Sorrimos para ele e ele chorou de volta. Falamos que um dos nossos colegas tinha morrido. Ele parou de chorar e gritou. Fomos para a casa da Fada do Dente. Arrancamos primeiro as unhas, depois os olhos e orelhas. Ele desmaiou. Acordamos com os estiletes. Nas feridas abertas e sangrando, demos choques. Jogamos sal nas feridas, mais choques. A mandíbula dele deslocou de tanto gritar. Arrancamos a língua. Desmaiou. Acordamos com spray de pimenta sobre as feridas. Ele teve uma convulsão e morreu. Jogamos o corpo em um valão no bairro onde ele morava. Cheguei elétrico em casa, angustiado. Imaginei meus filhos e esposa sem mim, caso morresse como meu colega. Escutei um barulho no quintal e desci armado. Não era nada. Apenas o vento, a noite e as árvores. Ainda fiquei observando a escuridão por alguns segundos. Nada. Voltei para dentro.

08/09/2022

Matamos um gringo sem querer, um argentino. Uma batida simples em uma casa de jogo clandestina. Esperávamos encontrar cem mil, achamos quinze. Ninguém reagiu, apenas o gringo. Estava bêbado e parecia drogado, mas quanto a isso não tenho certeza. Levantou da cadeira com uma faca na mão. Gritamos para ele sentar e ele partiu para cima do nosso grupo, levantando a faca. Fuzilamos. No retorno, alguém mandou mensagem para o colega de plantão questionando por que matamos o gringo. O cara era da pesada, conexões com milhares de pessoas de todos os lados e todos os níveis. Haveria retaliação. Quando ele falou isso, ninguém comentou nada. Na volta para casa, senti que estava sendo seguido, mas não era nada. Na hora de dormir, senti uma leve palpitação, mas também não era nada, logo passou.

12/09/2022

Dia de folga com a minha família. Fomos ao shopping e fizemos compras. Minha esposa estava linda. Emagreceu e cortou o cabelo. Observei ela caminhando na minha frente. O vestido deixava suas costas largas e delicadas nuas, os pequenos sinais e as sardas vermelhas espalhadas pelos ombros. Olhava tudo com atenção, rápida, veloz. Voltamos para casa e almoçamos. Os meninos foram para seus quartos. Eu e minha esposa deitamos na rede e dormimos abraçados. Acordamos mais tarde. Ficamos conversando sobre os meninos, sobre certos aspectos da natureza deles que nunca havia enxergado e ela via com frequência. Perguntei se ela me achava um pai ausente. Disse que de maneira alguma, ela ficava mais tempo com as crianças e acabava enxergando as repetições e atos que eles cometiam. Mas acabei me sentindo culpado. Às três horas, desceram e ficaram brincando no espaço deles no quintal. Abrimos cervejas e cuidamos das plantas: adubamos, podamos, movemos. Terminamos e tomamos banho. Voltamos para a rede e as crianças ainda brincavam. Minha esposa me contou um sonho. No final da tarde, o quintal era coberto pela luz do sol. Os meninos brincavam com a mangueira e os respingos brilhavam na luz, formando arco-íris pequenos e fugazes. Eu e minha esposa ficamos na rede, abraçados, nos alisando, conversando, rindo, até escurecer.

13/09/2022

Perseguimos dois assaltantes. Dois meninos que roubaram uma lotérica. Fugiram de moto, loucos pelas ruas, como se estivessem se divertindo. Acionamos a tropa de motos e perseguimos até onde podíamos. Três horas depois, sim, três horas depois e um tiroteio de vinte minutos, eles se entregaram. Quando chegamos ao local, estavam estirados no camburão, um deles sangrando, as caras pálidas, cheias de medo. A diversão tinha acabado. Na operação, foram acionados vinte policiais. No tiroteio, um policial foi baleado no ombro. Os rostos dos meninos suavam, os olhos assustados que pressentiam a própria morte. Os olhos deles me enchiam de alegria. A tropa de motos os carregou, nós continuamos na ronda. Retornando para casa, percebi um carro me seguindo. Diminuí a velocidade e ele também diminuiu. Três homens em um carro. Acelerei e eles aceleram. Consegui despistá-los. À noite, um barulho no quintal. Apenas a escuridão, as árvores no vento. Uma leve palpitação que durou a noite toda. Não dormi direito.

15/09/2022

Lembrei hoje de um sonho de Isabel e um sonho de Ivan, contado para Isabel e que ela me recontou.

Sonho de Isabel:

"Estava deitada sobre uma grama muito verde, brilhante, macia e infinita. Estava nua, tomando banho de sol. O sol não se movia, estava na mesma posição, acho que oito horas. Ou seja, o banho de sol estava agradável, não suava, não sentia minha pele arder. Um vento constante soprava, fraco e morno. Estava nua e me sentia excitada, muito excitada, mas sem exagero. Estava com os olhos fechados e senti que o sol havia sumido. Abri os olhos. Um gigante havia tapado o sol, um gigante trezentas vezes maior que eu. Bonito, barbudo, ruivo, imenso, todo imenso. Grande, imenso. Não pense bobagens. Não sinta ciúmes. Não pinte o cabelo de ruivo, não vai combinar com você. Posso terminar? Fica quieto. Ele me pega e me coloca na palma de sua mão. Aproxima a sua mão do rosto. Sinto sua respiração quente, seu hálito, seu cheiro, os pelos ruivos brilhando no sol, a íris verde do olho como duas esmeraldas, a boca imensa, os dentes blocos maciços e alvos, os lábios carnudos. Ele me aproxima lentamente de sua boca e penso que ele vai me devorar. Mas apenas me beija, um beijo tão grande que abarca meu corpo inteiro, seus lábios por cada parte do meu corpo. Quando ele afasta a mão do rosto, percebo que gozei como nunca havia gozado, um líquido transparente escorria por minhas pernas que tremiam, tremiam sem parar"

Sonho de Ivan:

"Ele me falou assim. Não sei se é exatamente como ele falou porque o sonho é muito louco e o Ivan também é louco. Ele sonhou que transava com um homem. Eles dormem e em algum momento Ivan acorda. Olha para o lado e percebe que o homem não tem apenas um pênis, mas dois pênis, duas grandes rolas que quase chegam nos joelhos. Ele fica impressionando e tenta acordar o parceiro que não acorda, mesmo Ivan empurrando-o com toda a força. Toma um susto, pensa que ele está morto. Coloca os dedos no seu pescoço e percebe que está vivo. Cansado de esperar, volta a dormir. Acorda novamente e olha para o lado. Agora não eram dois pênis, mas três. Tenta acordar o parceiro e nada, ele continua dormindo. Resolve brincar com os pênis. Beija, cheira, morde, lambe, cospe, engole e nada, eles não sobem, não endurecem, uma carne morta. Cansa e dorme frustrado. Acorda. Agora eram seis pênis. O parceiro ainda dormia. Faz tudo e nada. Carnes mortas estendidas até quase o joelho. Dorme. Acorda. Oito pênis. Nada. Dorme. Acorda. Doze pênis. Nada. Quinze pênis. Nada. Dezoito pênis. Nada. Dorme. Acorda. Um facão aparece na sua frente. Vinte e um pênis mortos e um homem que dorme. Ele ergue o facão e desce sobre todos os pênis mortos do amante mais adormecido que a Branca de Neve. Um grande clarão explode e cega os olhos dele. Escuridão. Ele acorda. Não ria."

20/09/2022

Sonho de minha esposa:

"Acordo. Você e os meninos ainda dormem. Ajeito os lençóis sobre os meninos e o travesseiro, embaixo de seu braço, com o maior cuidado para não os acordar. Desço e faço o café da manhã. Você acorda primeiro, me abraça e me beija. Seu hálito é quente e seu beijo, macio. Fico excitada e feliz. Não falo nada. Você toma seu café e parte. Lavo os pratos. O sol que entra pela janela sobre a pia ilumina a água e a espuma, formando milhares de pequenos arco-íris sobre meus braços e mãos. Os meninos descem para o café. Os arrumo para a escola. A van chega e os leva. Arrumo as camas e limpo a casa. Molho as plantas e movimento algumas pelo quintal para que peguem mais sol. Tomo meu café. Termino de limpar a casa. Volto para o quintal e coloco as plantas que movimentei em seus lugares de origem. Sento em uma cadeira no meio do quintal e bebo mais um pouco de café. Observo o sol sobre as plantas, os pequenos vapores de calor sobre os vasos, as manchas de água diminuindo aos poucos devido ao calor, os pingos de água brilhando sobre as folhas. Ainda são nove horas.

Pego um livro para ler. Às dez horas paro e vou fazer o almoço. Termino o almoço e volto para a leitura. Os meninos chegam da escola. Almoçamos juntos. Peço que cada um lave seu prato e eles lavam. Sobem para seus quartos e dormem. Deito na rede no quintal e também cochilo. Tenho um sonho. Ou seja, dentro do sonho tenho outro sonho. Sonho que estou apaixonada por um gigante e que ele me beija, em um primeiro momento, para depois me esmagar com sua bota também gigante. O gigante não tem um rosto definido, mas me faz lembrar você, talvez por usar a mesma farda. Como? Sempre tenho esse sonho, é recorrente. Apenas nunca te falei. Por quê? Sei lá, nunca quis. Fica quieto que quero terminar. Acordo e pego o livro novamente. Saio da rede e acordo os meninos para o dever de casa. Enquanto eles fazem a tarefa, lavo as panelas do almoço e o meu prato. Ajudo eles com a tarefa. Eles terminam e sobem para seus quartos. Aviso que vou sair para fazer compras e que eles não abram a porta para ninguém, em hipótese alguma. Ainda são três horas da tarde. Dirijo o carro até o mercado. Faço compras. O caixa, um gatinho ruivo, me olha de forma oblíqua e dissimulada. Como? Não fique com ciúmes. Isso é apenas um sonho. E sou tão correta que até lhe conto. Podia ter omitido, e não omiti. Fica quieto, deixa de ser chato. Voltando. Eu olho para ele de forma tranquila e interrogativa, como se fosse uma tonta e não percebesse o interesse dele por mim. Ele fica envergonhado, abaixa a cabeça. Volto para a casa e arrumo as compras. As crianças estão no quintal, brincando de água com a mangueira. Aproveito e peço que molhem as plantas. Arrumo as compras. Faço um lanche e mando eles pararem de brincar com a água. Lanchamos juntos. Você me liga no meio da ronda e diz que me ama. Respondo que também te amo. Um vizinho chama os meninos para brincar na rua. Deixo eles irem. Deito na rede e fico olhando as plantas. Tiro outro cochilo. Não sonho com nada. Quando acordo, já está escuro. Vou até o portão e chamo os meninos. Ligo a televisão. Desligo a televisão. Chamo os meninos para jantar. Jantamos. Eles sobem e ficam brincando enquanto lavo os pratos. Subo e mando eles escovarem o dente, os ponho para dormir. Eles dormem. Eu deito na rede e leio um livro. Levanto e fecho a casa toda. Você me liga e diz que me ama e pergunta sobre os meninos. Eu digo que te amo e falo que os meninos já foram dormir. Tomo um banho e me deito. Leio mais um pouco, até sentir sono. Durmo. Não sonho com nada."

23/09/2022

Fomos chamados em uma fábrica abandonada, uma rua deserta nos arredores da cidade. Um vigilante fez a chamada. Dentro de um carro, um empresário com duas crianças violentadas. Uma de seis anos e outra de nove, irmãs. Estava drogado e bêbado. Assim que nos viu, ofereceu dinheiro. Retiramos as crianças do carro. Demos uma surra no empresário. Quando cuspiu dois dentes, começamos a negociar. Noventa mil? Pouco. Pedimos cento e vinte mil. Ele disse que não tinha esse dinheiro todo. Arrancamos mais um dente e quebramos um dedo da mão. Só o carro dele deveria custar duzentos e cinquenta mil. Pedimos também o carro. Fomos para a casa dele. Uma mansão, não vou perder meu tempo descrevendo. A mulher e os três filhos estavam viajando. Joias, ouro, diamantes, duzentos mil em notas, o sujeito era envolvido com políticos. Ainda achamos um fuzil (?!) e uma pistola. Levamos tudo. Duzentos e cinquenta mil (o carro); duzentos mil em notas; joias, ouro e diamantes (segundo um colega, cento e vinte mil tudo); fuzil e pistola (para o batalhão). Quebramos mais um dedo e arrancamos outro dente como agradecimento. Ficaríamos atentos aos passos dele e voltaríamos, caso precisássemos. Como recado, arrancamos outro dente. Dividimos o butim de guerra: cinco pessoas, cento e sessenta e quatro mil aproximadamente para cada (teríamos que ver a venda do carro e das joias, mas seria basicamente isso). Com o que eu tenho guardado e esse butim, dá para comprar outra casa. Verei.

26/09/2022

Sim, a violência enche meu coração de alegria. A alegria é a mesma que sinto por Isabel, por exemplo. Uma grande paixão, uma força intensa, uma pulsão vibrante em cada segundo. Não é igual ao amor: sólido, constante e sempre presente. Sinto isso por minha esposa e filhos. A violência seria algo como uma religião, mas sem exagero.

28/09/2022

Fomos chamados para uma rua sem saída quase fora da cidade. Uma senhora idosa achou estranho um carro estacionado perto de sua casa durante a noite. Dentro do carro, um vereador, um deputado estadual e uma criança de 6 anos. Assim que os abordamos, mostraram suas carteiras. Resgatamos a criança e carregamos os dois. Nem precisamos amaciar; no primeiro tapa nos disse quanto tinham. Na casa do primeiro, conseguimos quatrocentos mil, tudo em notas vivas. No segundo, duzentos mil, também em notas vivas. Perguntamos o que eles iriam fazer depois disso tudo. Promoção. Com um pedido deles, conseguiríamos uma promoção na corporação facilmente. Apenas não sabiam o tempo de espera. Pareciam dois ratos: acuados, nervosos, suando e gaguejando. Decidimos matá-los, mas não naquele momento. Criaríamos uma simulação de crime: assalto ou furto, depois a morte deles. Na verdade, existiu um impasse no grupo. Esperar a promoção e mantê-los para chantagem futura. Outros ficaram com medo de retaliação. Decidimos esperar a promoção, outro butim e depois apagá-los em uma simulação. Sorteamos quem os pegariam e dois colegas ficaram com a missão. O restante ajudaria na logística. Dividimos o butim: seiscentos mil entre cinco. Cento e vinte mil para cada. Com o que tenho já dá para comprar duas novas casas.

29/09/2022

Consulta com a psicóloga. Parei com a babaquice de ficar citando possível amigo ou de falar indiretamente. A psicóloga ria da minha cara quando começava esse discurso falso. Ria discretamente, mas ria. Além do mais, ela deve escutar coisas muito piores que as minhas. E, por algum motivo obscuro e instintivo, confio nela (não totalmente, óbvio). Falei sobre meu prazer pela violência e como associava esse prazer ao sentimento de paixão que poderia nutrir por alguém, não amor, mas paixão. Falei como me senti sendo perseguido e como isso gerou ansiedade em mim, uma breve e leve ansiedade controlada pela medicação. Falei sobre o papel do policial na sociedade, da nossa função curativa e controladora. Pensei em falar de Isabel, mas me contive. Nem tudo posso falar. Ela disse que a minha profissão combinava com a minha paixão pela violência, mas que não poderia me exceder e cometer crimes ou abusar do poder que possuía. Quando falava em se exceder, não se referia à parte administrativa que isso poderia acarretar, mas à parte psicológica que isso causaria ao longo do tempo. Quanto à minha ansiedade gerada pela possível perseguição, ficou feliz pelo efeito que a medicação gerou. E a sensação de perseguição é natural devido ao trabalho que exerço. Disse que trabalhava para a polícia há dez anos, mas não concordava nem um pouco com a minha visão da força policial na sociedade. É excludente e fascista, para dizer o mínimo. A força policial não deve servir aos demônios de alguns homens para saciar seus próprios desejos e psicopatias. Ela foi criada para combater os crimes estabelecidos em leis que deveriam ser respeitadas por todos, inclusive por essa mesma força policial. Qualquer coisa fora disso é criminoso e deve ser combatido. Imagine uma sociedade onde todos possam alimentar seus demônios sem nenhuma lei que os puna ou os vigie, essa sociedade se sustentaria em qual pilar?

OUTUBRO

03/10/2022

Sonho com o gigante novamente. Ainda estou no espaço sideral. Não existem mais planetas para serem devorados. Apenas o sol brilha intocável. Tentei me aproximar dele e quase morri: queimaduras pelas mãos, braço e rosto. Esqueço o sol. Flutuo dentro da escuridão e entre as estrelas. Sinto fome. Não existe nada para ser devorado. Flutuo faminto até me bater com uma massa uniforme e palpável, um pedaço da escuridão que se tornou quase sólida, completamente negra. Devoro um pedaço. Amarga, com gosto de cinzas. Como assim mesmo. Minha fome não passa. A massa escura também não tem fim, parece se formar dentro da própria escuridão infinita do espaço. Alimento-me por dias, o sol se movimenta e apenas me observa como se estivesse rindo. Sinto vergonha. Minha fome permanece. Não havia mais nada para fazer. Paro de comer e flutuo.

06/10/2022

Achei um apartamento no centro. Um colega estava vendendo. Dois quartos, sala, cozinha, banheiro e uma pequena varanda. O apartamento é grande, apesar de poucos cômodos. Comprei para Isabel morar sem pagar aluguel. Mostrei para ela o apartamento e depois entreguei as chaves. Ela não entendeu. Disse que comprei para ela morar. Ela me devolveu as chaves. Insisti e ela aceitou. Falou que aceitaria morar, mas não queria para ela o imóvel. Sim, tudo bem, continuaria no meu nome, sem problema. Perguntou se poderia trazer Ivan. Sim, poderia, sem problema. No futuro ficará para meus filhos. Disse que eu era um pai maravilhoso. Estava linda, com o cabelo cortado na altura da nuca e com alguns cachos nas pontas. Usava um vestido azul. Não namoramos, apenas conversamos e depois saímos para almoçar. O imóvel custou duzentos e vinte mil reais. Tranquilo. Paguei em notas vivas. O condomínio é barato. A vista também é bonita, um mar de concreto e ferro.

09/10/2022

Dia tranquilo com a minha família. Fomos ao shopping e fizemos compras. Minha esposa estava linda, com o cabelo cheio de cachos, cortado na altura da nuca. Usava um vestido azul. Voltamos para casa e almoçamos. Descansamos na rede enquanto os meninos ficaram no quarto. Namoramos apenas com toques e beijos. Ela gozou e depois eu gozei. Ficamos rindo e limpando a sujeira que fizemos. Abraçamo-nos e ficamos conversando. Os meninos desceram e começaram a brincar no quintal. Assamos carne e bebemos cerveja. Podamos as plantas e limpamos o quintal. Voltamos para a rede e conversamos até escurecer, quando tiramos os meninos do quintal. Jantamos. Os meninos foram para seus quartos e voltamos para o quintal. Assamos o restante da carne e bebemos mais cervejas. Ficamos conversando e olhando as estrelas. Em um momento de relaxamento quase falei sobre o apartamento que havia acabado de comprar. Namoramos mais uma vez na rede. Gozamos juntos e, novamente, rimos da sujeira que fizemos. Tiramos a rede para lavar. Arrumamos tudo, tomamos banho e fomos dormir.

11/10/2022

Passei o dia com Isabel. Arrumamos o apartamento: pintamos, limpamos, trocamos algumas tomadas e mexemos em alguns canos. Instalei um novo varal e arrumamos os móveis dela e de Ivan. Falei que poderíamos comprar novos móveis, uma geladeira, um fogão etc. Ela disse que não tinha dinheiro, nem Ivan. Eu pagaria, sem problema, contanto que eles conservassem e cuidassem de tudo para que durassem. Ela disse que não era correto e não aceitaria, já estavam morando lá de graça, ainda aceitar móveis novos? Não, não aceitaria. Fiquei calado. Tomamos banho juntos e namoramos. Pedimos comida e dormimos no sofá, abraçados, depois de conversarmos por uma hora. Falou que sentia saudades dos pais adotivos e da vida no interior. Juntando dinheiro o suficiente para comprar uma casa pequena, ela voltaria. Caso não arranjasse um emprego, montaria um pequeno negócio, uma loja de roupas, uma lanchonete, qualquer coisa apenas para se manter. Nunca precisou de muito dinheiro mesmo. Com pouco, vivia. Descreveu a vida no interior, as praças vazias, as cadeiras em frente às casas no final da tarde, a feira, a tranquilidade, a boa monotonia, o bom viver. Perguntei quanto precisava. Não sabia dizer, mas não era muito. E uma casa pequena seria o suficiente. Falei que um dia iria lá. Ela adorou a ideia.

13/10/2022

Estava na ronda e tivemos uma ocorrência no centro, próximo ao apartamento. Resolvi visitar Isabel. Entrei no apartamento e logo senti um perfume diferente. A cozinha estava com a luz acessa, mas não tinha ninguém. Achei uma maça na geladeira e me sentei no sofá da sala. Escutei um barulho de fechadura no banheiro, engatilhei a arma e me posicionei para atirar. Ivan saiu do banheiro envolto na fumaça do chuveiro. Estava completamente nu, o corpo magro e forte ao mesmo tempo, um pênis imenso quase chegando aos joelhos. Tomou um susto, mas ficou apenas imóvel. Recolhi a arma e acenei com a mão. Disse que não havia me reconhecido de uniforme. Pediu licença e entrou no quarto dele. Voltou vestido de bermuda e sentou em um banco na frente do sofá. Não pareceu envergonhado. Seu corpo era bonito, forte e extremamente magro ao mesmo tempo. O rosto alongado, um rosto de cavalo. Fiquei excitado ao ver seu rosto. O que foi engraçado, porque seu pênis enorme não me causou excitação, até mesmo agora, quando recordo da cena. Além do rosto alongado, tinha os lábios grossos e olhos claros, verdes e pequenos, que eu nunca havia notado. O cabelo era cheio, escuro e encaracolado nas pontas, mas liso na parte de cima. Era um rapaz extremamente bonito. Somente em me lembrar dele agora, fico excitado. Perguntou se eu desejava alguma coisa. Disse que não, estava na ronda e recebemos uma chamada aqui perto. Resolvi fazer uma surpresa para Isabel. Não queria incomodar. Disse que não incomodava de maneira alguma; além do mais, o apartamento era meu. Não havia conversado comigo sobre o assunto e perguntou se ele poderia ficar no apartamento também? Ele e Isabel se davam bem. Como havia falado com Isabel, ele poderia ficar sem problema algum. Agradeceu timidamente, olhando para baixo. Silêncio. Perguntei o que ele fazia para viver. O mesmo que Isabel, respondeu. Estava afastado porque havia adoecido, uma gripe muito forte. Perguntei quanto ele cobrava. Cem reais por uma hora, mesmo que durasse menos, o que gerava atrito com alguns clientes. O que ele fazia, perguntei. Tudo. O que os clientes pediam, ele atendia. Mas a maioria pedia apenas penetração. Perguntei se ele gostava. Não, não gostava. A maioria eram homens feios, casados e que nunca iriam assumir sua sexualidade. Os bonitos eram raros, um a cada cem clientes. O que também não significava nada. Eram a mesma coisa. E os estudos? Você sabe, uma coisa aqui, outra ali, um pouco de cada. Silêncio. Levantei do sofá, tinha que voltar para a ronda. Ele se levantou e estendeu a sua mão macia, fina, grande e ossuda. Senti seu perfume misturado ao sabonete do banho, uma mistura de cheiros. Fiquei excitado. Ele me olhou nos olhos e se aproximou para me beijar. Desviei o rosto e saí, com pressa. Sem raiva, apenas pressa. Conto para Isabel? Deveria escrever isso aqui?

16/10/2022

Comprei outra casa, bem perto da casa atual que vivemos. Uma casa menor, com menos cômodos, mas com um terreno maior. Resolvi não contar nada para ninguém. Guardarei toda a papelada de compra no meu cofre, caso ocorra alguma coisa comigo. Assim como a papelada do apartamento que Isabel está morando. Quero tudo para meus filhos. Daqui a um ano conto sobre o apartamento para minha esposa. A outra casa, daqui a dois ou três anos. Tudo dará certo. Ainda sobraram economias o suficiente para comprar outro imóvel. Guardarei para uma emergência. Já possuo três casas, um apartamento, dois carros, uma moto e economias. Continuando assim, no futuro serei um homem rico. Apesar de que tenho a mesma mentalidade de Isabel: não preciso de muito dinheiro para viver. Apenas penso nos meus filhos e no bem-estar de quem amo. Quero todos confortáveis e bem abrigados depois que eu morrer.

18/10/2022

Na ronda, perseguimos um carro roubado. Uma hora de perseguição durante a noite, pelas ruas de uma favela imensa, interminável. A população acuada em suas casas. O motorista do carro era bom e conhecia bem a região. Finalmente, o encurralamos. O carona conseguiu fugir. O motorista ficou no carro. Gritamos para sair e nada. Atiramos para cima. Uma menina saiu do carro.

Deveria ter no máximo treze anos, cabelo cacheado, alta e magra. Olhava para equipe com firmeza, apesar das armas apontadas para seu rosto. Os braços eram tão finos que nenhuma algema lhe servia. Não estava armada. Não parecia bêbada nem drogada. Perguntamos por que havia roubado o carro. Venderia o carro e pagaria um pistoleiro. O pai, dia sim, dia não, espancava a mãe, ela e os irmãos mais novos. Perguntamos quanto o pistoleiro cobrou. Três mil reais. Encontramos a viatura perto de um caixa eletrônico e cada policial retirou seiscentos reais. Repassamos para ela. Pedimos que se esquecesse do pistoleiro. Perguntamos o seu endereço. Paramos na frente de sua casa. Soltamos ela e pedimos que chamasse o pai. O pai apareceu bêbado, com as calças caindo. Carregamos. Matamos com apenas um tiro e jogamos em um valão. O corpo boiou um pouco na água escura e depois foi tragado pela rede de esgoto.

20/10/2022

Isabel saiu comigo para comprar alguns móveis novos para o apartamento. Combinamos que iríamos dividir o valor total. Compramos uma geladeira, um fogão e coisas pequenas: pratos, copos, talhares, panelas etc. A geladeira e o fogão foram os mais baratos, Isabel fez questão. O valor total deu quase nada. Dividimos como ela pediu, para não brigarmos. Arrumamos tudo. A geladeira e o fogão velhos demos para amigos dela e de Ivan. Faltava apenas um sofá, cortinas para os quartos e alguma decoração. Namoramos no banheiro enquanto tomávamos banho. Almoçamos no apartamento. Passamos o resto da tarde e da noite conversando, vendo filmes, até dormirmos abraçados.

23/10/2022

Compras no shopping com a minha esposa e filhos. Queria fazer um programa diferente no parque público perto de casa. Esposa e filhos recusaram porque, segundo eles, havia muitos viados e bichas naquele dia específico. Reprimi os três e perguntei quem estava ensinado esse linguajar para os meninos. Eles mesmos disseram que foi a mãe. Olhei para ela, e ela concordou. Levei os dois no canto da sala e disse que nunca deviam usar esse linguajar, além da questão do preconceito e homofobia. Todos mereciam respeito, mesmo as pessoas que eles invariavelmente discordassem, seja pela questão sexual, política ou religiosa. Terminei falando que se voltasse a escutar qualquer coisa nesse sentido os dois seriam castigados e punidos. Perguntei para a minha esposa por que estava ensinando isso para as crianças. Ela não soube responder. Talvez tenha falado uma vez ou outra, mas nem mesmo percebeu. Pedi que parasse de usar esses termos na frente deles. No futuro, eles possivelmente vão conviver com pessoas de orientações diferentes e terão que conviver de forma harmoniosa com essas pessoas, seja na escola, no trabalho, faculdade, um bar, na rua etc. Ela me olhou um pouco incrédula e não falou mais nada. No shopping, tudo foi esquecido. Comprei uma joia para ela e Isabel. Quase fui pego no momento de entregar, ia entregando a que seria de Isabel para ela. Apesar de que as duas joias eram quase iguais, apenas um ou dois detalhes as diferenciava. Minha esposa amou. Almoçamos e voltamos para casa. Não assamos carne e nem bebemos. Deitamos na rede e ficamos olhando nossas plantas no quintal, que estavam cada vez mais bonitas. Os meninos ficaram um pouco chateados comigo pela chamada de atenção e me evitaram pelo resto do dia. Conversei com a minha esposa sobre isso e concordamos que eu tinha razão. Ainda ficamos conversando até oito horas, abraçados, namorando um pouco e depois fomos dormir.

26/10/2022

Entreguei o presente para Isabel e ela amou. Não quero falar sobre nosso dia juntos, que foi maravilhoso. Quero relatar um sonho que ela me contou.

Sonho de Isabel:

"No primeiro momento, tenho três filhos; num piscar de olhos, se tornam seis e, logo depois, doze. Dezesseis. E depois vinte. Até chegar ao número vinte e sete. Todos homens. Moro em um casebre no meio de um imenso gramado sem fim, sem nenhuma edificação por perto, sem nenhuma árvore, apenas o casebre e uma cisterna, que sempre tem água. As vinte sete crianças crescem em um nível assustador. Assim que nascem, depois de apenas algumas horas, já caminham e falam. Passadas algumas horas, já estão maiores e mais independentes. Os mais velhos, sem que precise pedir, cuidam dos mais novos com um carinho e atenção que me fazem lembrar a de um pai. Todos são parecidos: ruivos, brancos, olhos verdes e fortes como touros, além de extremamente altos quando chegam à fase adulta. Todos me obedecem e me tratam com bastante carinho. Não me pergunte como, mas todo mundo consegue habitar o casebre, que sempre está limpo e arrumado, já que os filhos que aparentam ter mais idade ajudam em todas as tarefas de casa. Em determinado momento, param de crescer e envelhecer, ficando estacionados na idade que seria algo em torno de vinte e um ou vinte e dois anos. O tempo passa, todos ficam adultos e com a mesma idade. Limpam o casebre, fazem a própria comida, lavam a roupa e não deixam que eu faça nada. Fazem massagens nos meus pés, trazem comida nas minhas mãos, penteiam meu cabelo e sempre dizem que me amam. O resto do tempo ficam ociosos, olhando para o tempo ou fazendo brincadeiras entre eles que eu nunca participo por não entender. O tempo passa, contínuo, dias ou anos, não sei precisar. Um belo dia, a terra começa a tremer. No horizonte, uma sombra se avoluma, crescendo e crescendo e vindo na nossa direção. Logo percebemos que é um homem, um gigante imenso, o mesmo gigante que havia sonhado anteriormente: ruivo, bonito, olhos verdes. Não fique com ciúmes, não seja bobo. Os meus filhos começam a chorar quando constatam que é ele. Estão morrendo de saudade do pai, que nunca tinham visto. O gigante se abaixa e coloca a sua mão no chão, estendida com a palma virada para cima. Os vinte e sete filhos, sem que o gigante fale nada, sobem na palma da mão. Ele os ergue até o seu rosto e beija cada um deles. Os meus filhos choram. As lágrimas que eles derramam caem sobre mim, já que observo tudo do chão ao lado do gigante. Para finalizar a sessão de beijo, o gigante beija todos ao mesmo tempo. Escuto risos de alegria dos meus filhos e novas lágrimas caem do céu. Pensei na hora, agora serei eu alçada e beijada pelo gigante. Mas, antes que pudesse terminar esse pensamento, o gigante — ainda com meus filhos em suas mãos, sem nem mesmo olhar para mim ou notar a minha existência — começa a caminhar para longe de casa, com passos tão rápidos e largos que some no horizonte em menos de trinta segundos. Nem deu tempo para que eu gritasse ou tentasse arremessar algo na direção dele. Caio no chão e começo a chorar. Minhas lágrimas se misturam com as lágrimas de meus filhos, filhos esses que, como o pai, também me ignoraram e nem notaram a minha existência."

29/10/2022

Ronda tranquila. Pela manhã, vi minha esposa e filhos entrando no mercado. Minha esposa estava linda, com um vestido florido, o cabelo solto e molhado de quem havia acabado de tomar banho. Pedi para os colegas que esperassem ela sair do mercado e fizéssemos a escolta dela. Eles disseram quem nem precisava pedir. Ela saiu do mercado e seguimos seu carro até ela entrar em casa. Ela demorou demais para fechar o portão. Esqueci de conversar com ela sobre isso, mas amanhã lembro. Tivemos ainda uma situação de violência doméstica, nada demais, e uma perseguição de carro roubado que acabou rapidamente e sem ninguém ferido. À noite, encontrei com Isabel onde ela faz ponto. Estava linda, com o cabelo solto e molhado, usando um vestido florido que eu havia lhe dado. Pensei em parar e conversar com ela, mas desisti. Ela já havia dito que não a procurasse quando estivesse trabalhando. Seguimos a ronda sem nada de anormal.

31/10/2022

Foda-se a consulta com a psicóloga. Esse mês não irei. Vou ficar com Isabel ou minha esposa. Foda-se.

NOVEMBRO

02/11/2022

Hoje, fiz 39 anos. Não queria uma festa, mas minha esposa acabou fazendo um bolo, alguns salgados e doces. Apenas eu, ela e os meninos. Meus pais me ligaram, assim como minhas irmãs mais velhas. Perguntaram por que não me transferia para o interior do estado. A demanda de trabalho como policial é menor e menos perigosa. Expliquei que no interior não cresço na corporação, fico estagnado. Quem sabe no futuro, quando me aposentar. Falei isso sem pensar, apenas para dar uma resposta, mas não seria má ideia. Comprar uma casa e encher de plantas. Montar um pequeno comércio para me manter ocupado, quem sabe uma loja de construção. Apenas penso se ainda terei essa ânsia pela violência, esse desejo intenso pela adrenalina de sangrar outro corpo e ver uma vida se extinguir em minhas mãos. Sou um viciado que não quer se libertar de seu vício, já que esse vício me enche de luz, alegria e prazer. No interior, aposentado, dentro da lei, quem eu poderia matar? Tenho 39 anos e estou cheio de dúvidas.

06/11/2022

Sonho com o gigante. Não estou mais no espaço, retorno para a Terra. Estou sentado no chão e alguns insetos humanos conversam comigo através de uma caixa de som. Insetos humanos são políticos, como vocês sabem. Oferecem ouro, terras e joias pelos meus serviços. Digo que a quantia está pouca. Triplicam a oferta. Aceito, ao menos por enquanto. Peço para que repassem tudo para meus filhos. Os insetos me mostram qual é o país para ser atacado. Levanto do chão. O país fica apenas alguns passos de onde estou. Os insetos disseram para não errar o país.

O país vizinho é aliado deles. Observo com bastante atenção a bandeira. É o país certo. Abaixo a braguilha e começo a mijar. O país é pequeno, cheio de vales e montanhas. As cidades ficam entre os vales e nos pés das montanhas, assim como as fábricas, hospitais e instalações militares. Quase todos morrem afogados no mijo, pequenos pontos escuros entre as espumas densas e o líquido amarelo brilhante. Apenas isso, pequenos pontos escuros, insignificantes e minúsculos. Alguns foram mais espertos e fugiram para as montanhas. Abaixei as calças e peidei. O gás pesado flutuou e foi levado pelo vento fraco, constante. Os pequenos pontos escuros foram rolando pelas montanhas. Os que não morriam pelo gás, morriam afogados no mijo. Levanto a calça, fecho a braguilha e contemplo a destruição total do pequeno país. Gargalho e retorno para o país que me contratou. Dou apenas dezoito passos.

19/11/2022

Enterramos um colega. Recebeu nove tiros na cabeça. Com certeza, foi vingança. Não levaram seu carro, sua carteira com cerca de novecentos reais, sua corrente de ouro grossa e maciça que estava no pescoço e brilharia, segundo um colega, até no escuro. Estava comprando materiais de construção para a reforma da casa. Ou seja, respeitaram a família. Caso fosse um marginal, mataria na frente da família como símbolo de força. Com certeza, foi outro policial. O motivo, a razão, vá saber. Um colega mostrou as câmeras de segurança. O matador de balaclava se aproxima como se estivesse passeando, vem por detrás do carro e encosta da janela; ergue a arma e atira com o gesto mais natural possível. No primeiro tiro, o colega cai. Ele inclina o braço para baixo e continua atirando. Para de atirar, guarda a arma na cintura e sai caminhando, ainda com a balaclava, como se estivesse usando um boné ou uma toca. Gelado, frio, nem parecia um homem, parecia uma máquina. Impossível identificar quem é. Uma morte estúpida, sem luta, sem reação. Possivelmente, minha morte será assim. Uma bala atravessa minha cabeça e anula todos os meus desejos, minha memória, meus sonhos, em menos de um segundo. Por isso vivo o agora, quero agora, agora e somente agora. Olhava para os outros policiais e sentia o mesmo pensamento. Eles apenas não verbalizavam. Ninguém podia verbalizar nada, seria um sinal de fracasso. Nossa morte já estava definida. O nosso trabalho exigia isso. Nossa vida e nossa morte. Que seja.

12/11/2022

Relato de um colega sobre outro colega:

"O homem estava exausto. Praticamente não conseguia pensar direito. Em casa, não conseguia conviver com a esposa e os filhos. Ou era agressivo, ou era distante. Na ronda, vivia com medo ou travava durante uma simples abordagem. Começava a chorar com o fuzil na mão, dentro da viatura. Tínhamos que voltar para a central e colocar ele na enfermaria. Ligávamos para a mulher e ela chegava chorando, dizendo que não aguentava mais o estado dele, que queria o marido de volta, que a violência o adoeceu e não havia sobrado nada do homem com quem ela se casou. Até o grupo adoeceu, amolecemos, ficamos com medo de ter as mesmas ansiedade e depressão. Ficou afastado por 30 dias. Quando voltou, estava pior. Mais ansioso, mais nervoso, começou a ter alucinações e ver coisas. Um dia, disse que era para o motorista da viatura correr, porque um policial gigante de quase cinquenta metros de altura estava avançando sobre a cidade e vinha na nossa direção. Começou a gritar e dizer que ele estava perto, que ele era ruivo e forte como Deus. O capitão mandou voltarmos para a central. Na enfermaria, aplicaram remédio o suficiente para apagar três homens, só assim ele sossegou. E ele era forte, valente, um policial exemplar. Nas piores ocorrências, era o primeiro a meter a cara e atirar seja contra quem fosse. O homem era um monstro nas operações. Nos butins de guerra, sempre abria mão de alguma parte que cabia a ele para dar aos soldados e oficiais inferiores. Um bom homem, um bom pai, um bom marido, um bom policial. O que aconteceu? Não sei. Ninguém sabe. Nem ele. Apenas fico pensando. Se isso aconteceu com ele, pode acontecer com qualquer um. Ou aconteceu com ele por ser bom demais, estar acima de todos. Uma longa subida para uma longa e tenebrosa queda. Até hoje ele continua afastado, tomando remédios pesados. Quando vamos visitá-lo, a mulher nos relata que ele conta ver o gigante ruivo parar na sua casa, olhar bem para onde ele está, às vezes dentro do seu quarto ou deitado na sua rede no quintal, acenar com a sua mão gigante, sorrindo, e depois partir para alguma direção qualquer. A mulher ainda disse que ele acha o gigante muito parecido com o seu pai. Apenas que o pai não era ruivo."

13/11/2022

A minha intensa paixão por Isabel fica cada vez mais forte. Uma paixão livre, sem amarras, sem posse ou controle de ambas as partes. O fato dela fazer programas não me incomoda nem um pouco. É o que ela gosta, afinal de contas. Poderia arranjar um emprego para ela ou ela mesma arranjar um emprego, mas não seria feliz. Ou talvez não ganhe o mesmo que ganha com os programas, ou talvez não tivesse a liberdade de horário. Nunca questionei e nunca irei questionar. Ela sabe que, se não quiser mais trabalhar com programas, ajudarei de uma forma ou de outra. Ou talvez nem mesmo aceite minha ajuda ou de outra pessoa, faça tudo sozinha, o que aumenta ainda mais a minha admiração e respeito. O sonho dela de retornar para o interior também poderia ser meu sonho. Mas fico em dúvida sobre a minha natureza e meus impulsos. Ao menos por agora, não quero. Mas, caso Isabel peça, ou dê a entender que quer algum tipo de ajuda, terei o maior prazer em ajudar na sua nova casa e novo negócio. Veremos o futuro.

16/11/2022

Depois da conversa que tive com os meninos sobre a situação no parque, não precisei mais chamar à atenção, educar etc. Discutimos coisas de suas rotinas, desejos e brincadeiras. Meus filhos são tranquilos, educados, gentis. Também parecem ser determinados. O mais velho aparenta ser mais sério. O mais novo, emotivo e sensível. O mais velho parece ter puxado à minha esposa. O mais novo, a mim. Os dois são inteligentes. Não vejo nada de errado com a psicologia deles, não vejo nada de psicopatia ou algum transtorno grave. Óbvio, não sou especialista, mas acho que todo pai acaba analisando os filhos e percebendo algo de errado ao observar com atenção. Quando falo em algo de errado, digo com relação a algum traço de violência, ou ansiedade ou depressão. Nem falo sobre impulsos sexuais ou qualquer coisa desse tipo. Caso eles gostem de homem, tranquilo. Eu mesmo descobri a minha homossexualidade agora. Uma homossexualidade que reprimo e não concretizo por medo de me descobrir completamente homossexual. Mantenho uma bissexualidade onde apenas alimento a parte hétero, que sempre foi tranquila. Apenas imagino o que a opção sexual deles podem fazer com a mãe. Tenho certeza de que isso afeta mais a ela. Uma vez, sem querer, comentou comigo sobre o mais novo. Achava ele sensível por algo que ele tinha dito ou feito, que agora não me recordo o que foi (estávamos no trânsito e apressados para chegar em algum lugar que também não me recordo.). Depois de responder qualquer coisa, resposta essa que também não lembro qual foi, ela não mais tocou no assunto. Será que ela percebeu algo que eu nunca tinha percebido e não soube expressar de forma clara? Talvez, vá saber. Apenas sei que amo meus filhos e sinto imenso orgulho deles. E amo minha família, apesar da minha nova opção sexual. Como disse antes, quero tudo e quero agora, sem abrir mão de nada.

19/11/2022

Fizemos o butim de um político. Não vou comentar o que ele fez. É algo tão sujo e asqueroso que não quero nem lembrar. E olha que já descrevi barbaridades nos meus diários o suficiente para um nazista corar. Apenas sei que limpamos seu cofre. A sujeira dele era proporcional à quantidade de dinheiro vivo que tinha guardado em casa: três milhões de reais. Seiscentos mil para cada um. Com esse dinheiro e o que já tenho, é o suficiente para me aposentar. Mas do que suficiente, diria. Já posso comprar a casa de Isabel no interior, comprar outra casa para meus filhos e esposa, outro apartamento e viver simplesmente de renda. Não preciso de muito dinheiro. E quanto mais penso assim, mais atraio dinheiro para meus bolsos. Apenas espero que não me torne um monstro como o político que capturamos. A proporção de dinheiro que uma pessoa possui é inversa à sua sanidade, caráter e dignidade. Tenho medo de perder essas características. Assim como tenho medo de não deixar nada para meus filhos. Acabamos sujando nossas mãos em dinheiro, não há como fugir. Agora tenho três casas, um apartamento e quase um milhão em dinheiro e joias. Ainda estou longe de me tornar um monstro ou já sou esse monstro? Não sei.

21/11/2022

Relato de um colega:

"Estava com uma depressão tão profunda que não tinha energia para mais nada. Na verdade, ainda possuía um resto de energia o suficiente para planejar seu suicídio de forma meticulosa, o que combinava perfeitamente com a sua real natureza e razão, ou o que restou dela. Primeiro, foi para outro estado, bem longe da família ou de qualquer pessoa conhecida. Alugou uma pequena casa em uma vila por um mês, um lugar bem rural. Ao fazer o pagamento, disse que era geólogo analisando a área. A parte geológica não deixava de ser verdade, adorava geologia, rochas, movimentos da natureza etc. À vila já tinha ido quando adolescente, em um momento feliz. Era um lugar turístico, cachoeiras, trilhas etc. Não tinha mudado muito com passar dos anos e não era uma época turística, então estava quase deserta. Perfeito para os objetivos dele. Sozinho, voltou a fazer as trilhas que havia feito na sua adolescência. Lembra bem de uma trilha onde havia uma rocha imensa, quase suspensa sobre a trilha que passava exatamente embaixo dela. A pedra era tão grande que a pessoa sentia a umidade do sereno, que permanecia mesmo depois de horas após o amanhecer. Pelo chão havia limo e musgos escurecidos. Como sei desses detalhes? Ele relatou tudo em uma carta antes de se matar. Como disse, era bem meticuloso. Voltando. Depois de alguns dias, ele finalmente achou a rocha imensa, cheia de umidade, sereno, limo e musgos, exatamente como ele lembrava. A rocha apenas tinha se inclinado um pouco para o chão, devido à erosão na sua base. Agora, para passar por baixo dela, a pessoa teria que engatinhar. Logo, a trilha foi deslocada para a borda da pedra e seguia adiante no mesmo caminho de sempre. Era perfeito para o que ele queria e havia planejado antes mesmo de sair de casa. Por volta das três horas da manhã, caminhou até a pedra: posicionou seu corpo bem embaixo dela, engoliu cerca de 50 comprimidos para dormir e encharcou o corpo com gasolina. Riscou o fósforo e se deitou. Na base da pedra, colocou um pequeno pedaço de dinamite, o suficiente para fazer com que ela se deslocasse e caísse sobre seu corpo. Sem dor, seu corpo queimou e o fogo acendeu a dinamite, causando uma explosão, deslocando a pedra sobre seu corpo e escondendo ele completamente."

23/11/2022

Minha esposa e filhos viajaram para o interior. Minha irmã mais velha adoeceu. Liguei e conversei com meus pais que não poderia viajar. Deixei os três na rodoviária. Voltei para casa. Fora do meu trabalho, minha única alegria é minha casa. Continuo na minha rotina. Gosto da minha rotina, gosto do processo de repetição, os dias como uma grande sequência contínua de coisas que amo fazer. Não gosto de viajar, não gosto de mudanças, improvisos. Assim que voltei da rodoviária, fui cuidar do jardim no quintal. Mudei as plantas e as coloquei no sol. Lavei as vasilhas e todo o chão do quintal. Peguei uma cerveja e deitei na rede. Esperei o chão e as paredes do quintal secarem no sol. Cheiro de terra molhada misturada com adubo. O cheiro das rosas. Terminei a cerveja. Organizei novamente as plantas em seus antigos lugares. Peguei outra cerveja e deitei na rede. Senti fome. Fiz arroz, cozinhei carne com batatas. Minha esposa ligou. Conversamos, falei com os meninos, meus pais e a minha irmã mais velha. Fiz meu prato e voltei para o quintal. Almocei bebendo uma cerveja. Deitei na rede e dormi. Tive um sonho longo com o gigante que invadia países e acordei somente quatro da tarde. Molhei as plantas e fui a pé à padaria. Comprei pão, leite, queijo e presunto. Voltei para casa. Fiz um sanduíche com tomates e café. Deitei na rede e fiquei olhando as plantas na quase escuridão azulada do quintal, os últimos raios vermelhos de sol, as nuvens finas se dispersando no céu, as primeiras estrelas. Saí do quintal e tomei um banho. Liguei a televisão e coloquei em um jogo do meu time. Enquanto assistia ao jogo, fiz meus exercícios físicos. Tomei outro banho e cozinhei três ovos. Abri outra cerveja. Meu time perdeu. Liguei para meus filhos para desejar boa noite. Liguei para Isabel e conversamos meia hora. Combinamos de nos encontrar no outro dia. Senti sono. Tranquei a casa e deitei na cama. Senti saudades de minha esposa ao perceber o seu cheiro no travesseiro. Saudade dos meus filhos e de Isabel. Apesar disso, um dia perfeito e feliz. Fechei os olhos e me concentrei para dormir. Dormi como uma rocha. Não sonhei com nada.

26/11/2022

Novamente, não achei Isabel no apartamento. Não havia combinado com ela, então não posso reclamar. Encontrei com Ivan, pedindo que a esperasse. Ela tinha saído para fazer o mercado. Acabei conversando com ele por cerca de uma hora. Não senti atração ou fiquei excitado como das outras vezes. Conversamos sobre milhares de coisas.

Pequeno trecho da conversa com Ivan:

“... na verdade, todas as possibilidades de amor são únicas, mas entre dois homens existe mais tranquilidade. Caso os dois tenham naturezas semelhantes e não sejam possessivos ou controladores, o amor flui mais fácil. Duas mulheres com características semelhantes não fluem tanto, arranjam algo para gerar atrito, um atrito mínimo e necessário para que elas se sintam bem com seus próprios problemas e os problemas da parceira. Machismo? Não, não teria como ser machista. Os homens não arranjariam os mesmos atritos, falo por experiência própria. Dois homens evitariam ao máximo isso, e, caso ocorresse, depois eles simplesmente se afastariam. Mentira? Machismo? E você sabe algo sobre o amor? Sobre o amor de dois homens? É a mesma coisa? Todos são iguais? Tudo bem, tudo bem."

29/11/2022

Escrevo nesses diários há nove anos. Nunca reli nada do que escrevi. Alguns cadernos estão lacrados. Os três primeiros, assim que terminei de escrever, lacrei com um plástico transparente. Com os outros, simplesmente esqueci ou não achei o mesmo plástico. Os cadernos são sempre da mesma marca, tamanho e número de folhas pautadas, apenas as cores da capa mudam: azul, amarelo, vermelho, verde etc. Esses diários são como uma grande terapia sem resposta, uma grande conversa no escuro, apenas eu e meus pensamentos. Não serão editados (quanta pretensão) e nunca são relidos por mim. Não faço a menor ideia do que escrevi no mês passado, muito menos nos anos anteriores. Acaba funcionando, além da terapia, como um trabalho realizado, algo com início, meio e fim, quebrando a ansiedade de alguma coisa mais ampla que ainda não foi conquistada e demanda tempo. A escrita do meu cotidiano e rotina como uma contensão dos meus demônios e ansiedade, comuns a qualquer ser humano. Será que a ficção funciona da mesma forma? Será que conseguiria escrever ficção? Odeio ficção. Minha vida já é uma ficção. Mas gosto da minha vida, cada pedaço dela.

30/11/2022

Sentindo falta da terapia. A parte medicamentosa está certinha, não sinto quase nada e durmo bem. Mas conversar com a psicóloga/psiquiatra está me fazendo falta, escutar seus sermões, sentir a sua amizade (que percebo sincera e verdadeira). Saudade de escutar aquela mulher forte e cheia de verdades sobre as pessoas, sobre o mundo, sobre a vida. Um grande ponto de luz. Apesar disso tudo, ainda estou chateado com ela. Não vou esse mês.

DEZEMBRO

03/12/2022

Sonho com o gigante. Ainda estou na terra. Ainda trabalho para os políticos que contratam meus serviços. Estou sem paciência, estou irritado. Queria apenas ficar deitado embaixo do sol, brincando com meus filhos, mas os insetos imploram que eu destrua outro país naquele mesmo dia. Exijo cinco vezes mais do que o trabalho anterior. Eles reclamam. Desprezo-os e começo a cochilar, sentindo a energia que emana da única coisa que tem meu respeito: o sol. Eles aceitam a proposta. Peço que repassem tudo para meus filhos. Levanto irritado e meio sonolento. Eles me mostram a bandeira e o local do país. Um país mais distante, ao sul. Fico mais irritado ainda, terei que dar mais de trinta passos para alcançá-lo. Resolvo cortar caminho pelo oceano. Acabo causando um pequeno deslocamento de ondas. Derrubo navios, inundo algumas cidades costeiras, pessoas morrem afogadas. Chego ao país. Um belo país: pequeno, limpo, arborizado. Confirmo a bandeira. Com apenas uma pisada, esmago metade do país, milhares de cidades são esmagadas, milhões de pessoas morrem. Na outra metade, desfiro apenas um muro, o suficiente para destruir metade dessa segunda parte do país, sobrando uma pequena parte intacta. Milhões de pessoas morrem e somem nos escombros dos prédios. Em vinte segundos, termino o trabalho. Retorno para casa. Deito no relvado e me esquento no sol, enquanto meus filhos caem ao tentar escalar meu corpo. Peço que me façam cafuné. Cochilo com o carinho deles, o sol queimando meu rosto.

06/12/2022

Viajei com Isabel para o interior do estado. Estou escrevendo essa data na casa dos pais dela. Menti para a minha esposa que faria três dias de treinamento exigido pelo batalhão. Ela não perguntou nada. Isabel me apresentou como namorado (o que não deixa de ser verdade). A cidade lembra a dos meus pais. Na verdade, deve ter o mesmo tamanho e número de habitantes, entre cinquenta e sessenta mil. É bem pequena, mas bem desenvolvida. Fábricas médias de calçados, um comércio forte, fazendas com plantações de laranja, cana-de-açúcar e criação de gado, muito gado. A cidade foi planejada. O comércio no centro, as residências ao redor, as fábricas e as fazendas na parte externa da cidade. Pouco trânsito, silêncio na parte residencial, um pouco de agitação no centro. A casa dos pais de Isabel é simples. Três quartos, uma sala de estar, cozinha, um banheiro interno e outro externo, um pequeno jardim na frente da casa com um muro baixo e grades decorativas, garagem para dois carros. Adorei o quintal: o banheiro externo, um depósito e um pequeno pomar no espaço que equivale ao mesmo tamanho da casa. Uma mangueira imensa, vários pés de banana e coqueiros, mamão, graviola, tangerina, laranja, limão, maçã. O próprio pai de Isabel fez uma mesa e bancos de concreto embaixo da mangueira. Um lugar úmido, claro e cercado pelo cheiro de várias frutas, o chão forrado pelas folhas. Ficamos horas conversando nesse espaço, comendo as frutas ou bebendo café e comendo bolo de leite, que adoro. Os pais de Isabel são simples e adoráveis. O pai trabalha em uma fábrica de calçado há vinte e nove anos e está perto de se aposentar. A mãe é dona de casa. Estão juntos há trinta e três anos, em plena harmonia. Deitei no final da tarde, em uma rede amarrada entre dois coqueiros, depois de comermos e conversarmos. Fiquei olhando aquele paraíso e não pensei em mais nada até escurecer e Isabel me chamar para entrar.

07/12/2022

Visitamos imóveis no centro. Achamos um ponto perto de uma praça movimentada, oito por três, vinte e quatro metros quadrados. O valor não era tão caro, sessenta e seis mil. Perfeito para a loja de roupas que ela queria. Não teria que pagar condomínio, como em um shopping, apenas o IPTU. Durante a noite havia um vigilante para evitar arrombamentos, mas as lojas de roupas não eram visadas. O valor do vigilante era barato e poderíamos colocar câmeras ao redor da loja. Observamos o movimento de pessoas em outra loja semelhante, com o mesmo tamanho e vendendo roupas com uma faixa de preços mediana: peças baratas e algumas mais caras. O movimento era bom e constante, com apenas dois funcionários, ao menos naquele dia e época do ano. Isabel adorou o ponto. Voltamos para a área residencial à procura de uma casa. Passamos por ruas tranquilas e arborizadas, as casas pequenas, simples e bem cuidadas. Crianças brincavam nas ruas, algo que não se vê na cidade grande. Quando passávamos de carro, eles paravam de brincar e nos cumprimentavam. Achamos uma casa à venda, de esquina e com terreno amplo. Simples: dois quartos, uma sala, uma cozinha, um banheiro, outro banheiro na parte de fora, algumas plantas, uma parte cimentada tanto na parte da frente como no fundo, um muro baixo com grades curtas e finas ao redor de todo terreno. Também não estava tão cara, noventa mil. Uma casa com aquela estrutura na capital seria cem mil ou cento e vinte mil. Adoramos a pintura azul clara nas paredes, as janelas largas de madeira pintadas de branco. Havia poucos cômodos, mas eram largos e espaçosos. Olhamos a casa com o dono, um senhor que havia se mudado para um apartamento no centro. Disse que a casa ficou grande demais depois que esposa morreu. Já me sentia morando lá com Isabel, levando-a para o trabalho, ajudando na loja de roupas. Também arranjaria um pequeno emprego ou um pequeno negócio. No final da tarde, a pegaria na loja, retornaríamos para casa e compraríamos pão. Eu cuidaria do quintal enquanto ela arrumaria a mesa do café ou tomaria banho. Assistiríamos a um filme ou iríamos ao centro para beber ou comer algo diferente. Uma vida simples, sem turbulência, apenas paz. Mas sei que isso não é possível, todos nós sabemos. A quem quero enganar?

08/12/2022

Passamos o dia no sítio dos pais de Isabel. Fica cerca de nove quilômetros fora da cidade. Pela estrada, atravessamos grandes campos de cana-de-açúcar e pastos para gado. Casas pequenas e avarandadas sobre as colinas, o gado e as plantações descendo e subindo as encostas. Um trator ou os ferros de uma carroça refletiam a luz do sol e o céu azul sem nuvens cobria o horizonte. A casa construída no alto da colina era pequena, toda avarandada. Dois quartos, uma sala, um banheiro e uma cozinha. Havia um jardim na frente da casa e outro nos fundos. Espalhadas ao redor da casa estavam centenas de árvores de vários tipos, tamanhos e idades. Uma pequena floresta. Não havia plantações, apenas quinze cabeças de gado em uma pequena área de pasto. Caminhamos por uma trilha no meio da floresta. O ar era úmido, o chão macio e forrado de folhas secas, o sol quase não tocava o solo. Depois da floresta, um pequeno mirante improvisado foi colocado próximo da cerca em que começa os pastos. Os gados e as plantações se espalhavam em centenas de colinas verdes, amareladas. Voltamos para casa e almoçamos. Deitamos nas redes no lado da casa onde havia sombra. Dormi com o cheiro de mato, manga e folhas secas. Acordamos e namoramos na sala. Tomamos banho juntos usando uma mangueira nos jardins dos fundos. Molhamos as plantas. Pegamos duas cadeiras e fomos para o pequeno mirante. Observamos o gado nas colinas se recolherem sozinhos para os estábulos e a última irrigação das plantações sob a luz vermelha do sol se pondo. Antes de escurecer voltamos para casa. Decidimos não dormir no sítio. Retornamos pela estrada escura, as casas nas colinas como pequenos pontos brancos na noite. O céu estrelado e a lua cheia. Isabel deitou em meu ombro e acordou somente quando chegamos à casa dos seus pais.

12/12/2022

Estou cansado, então serei breve. Na verdade, estou exausto. Mental e fisicamente. Achamos um empresário com duas crianças completamente violentadas. Carregamos o cidadão de bem. Rico, podre de rico, morava na maior casa que já entrei. Saqueamos o sujeito, até roupas e sapatos levamos. Para mim e cada colega ficou algo entorno de duzentos mil. Como disse, ele tinha muito dinheiro. Sem discutirmos uma palavra, decidimos a morte dele. Carregamos para a casa da Fada do Dente. O tempo todo ele implorava. Arrancamos a língua. Esquartejamos e espalhamos as partes do corpo em cada lado da cidade. A sagrada violência, minha única alegria nesse dia. Nem mesmo meus filhos e esposa me alegraram. Nem mesmo a lembrança de Isabel e do cheiro do mato. Tomar um banho e dormir.

14/12/2022

A sagrada violência. Não teve o butim desta vez, mas teve a alegria pela violência: a dor, o sangue, os ossos quebrados, o corpo do monstro definhando entre gritos até morrer. Fomos chamados para uma ocorrência em uma favela. A mãe filmou a filha sendo violentada pelo próprio pai. Filmou para que tivesse provas. Poderia ter mostrado para a vizinhança e o marido já estaria morto. Resolveu preservar a filha e nos chamou. Mostrou as imagens e disse que ele estava nos fundos. Entramos na casa simples, sem reboco, sem móveis, três cômodos. O homem estava deitado na rede. Acordamos com um empurrão e mostramos as imagens. Ficou assustado, sem entender. Os olhos se encheram de lágrimas. Saímos com ele. Uma vizinha se aproximou para ver a prisão e contamos a verdade: problemas com drogas. Olhamos para a mãe e ela sorriu de volta. Levamos para a casa da Fada do Dente. Arrancamos seus olhos primeiro, depois as orelhas e dentes. Quebramos seus dedos das mãos e pés, dos braços e pernas. Arrancamos seus mamilos e o estupramos com um cassetete enrolado com arame farpado. Ele sangrou, gemeu e morreu depois de seis horas.

16/12/2022

Violência eterna e sagrada. Por isso vivo, por isso respiro e caminho no mundo. Uma alegria constante. Em uma batida policial, prendemos um traficante. Um sujeitinho pequeno, frágil e extremamente arrogante. Mostrou seus contatos na corporação. Anotamos os nomes. Ofereceu dinheiro para não ser levado. Pegamos o dinheiro. Duzentos mil, cinquenta para cada, já que estávamos em quatro nesse dia. Carregamos. Dentro da viatura, nos ofereceu mais dinheiro pela liberdade. Levamos ao local. Deu mais duzentos mil e dez quilos de cocaína. Pegamos o dinheiro. Mandamos ele ingerir a cocaína. Perguntou se estávamos loucos. Aquilo era dinheiro, cada quilo valia cerca de cento e vinte mil, pasta base etc. Fragmentamos a pasta base e diluímos na água.

Abrimos sua boca e jogamos cerca de meio litro do líquido. Ele tentou vomitar e o seguramos, tapando sua boca. Um minuto depois teve uma overdose e morreu. Recusei a pasta base, meus colegas ficaram. Levei o dinheiro. O corpo, jogamos em um valão. Com o dinheiro desses últimos dias, acho que consigo comprar a loja e a casa para Isabel. Tenho que fazer os cálculos e ver as contas.

19/12/2022

Sonho com o gigante. Estou deitado em um imenso relvado ao lado de uma casa pequena, feia e isolada. Um dos meus filhos corta lenha. Seu suor pinga sobre as toras de madeira. Parece extremamente cansado. Pergunto por que não paga alguém para fazer isso. Ele é o único dos filhos que recusou o dinheiro ganho com os trabalhos para os insetos. Vive na pobreza. Pobre, burro e tolo. Nem mesmo consegue uma mulher devido à falta de dinheiro. Agora, admiro sua honestidade e dignidade. Honestidade e dignidade que não tenho e nunca terei. Ele resmunga suas verdades, mas nunca me ofendeu ou me faltou com o respeito. Meu filho admirável e tolo. Meu melhor filho. Peço licença e digo que vou visitar seus irmãos. Pede que eu mande um abraço para todos eles e que retorne para visitá-lo quando quisesse. Meu adorável filho, tão diferente e humano, tão diferente de mim. Em menos de duas horas, visito todos meus outros filhos. Tornaram-se donos de países, donos de imensas extensões de terra, donos de populações inteiras. Sento ao lado de seus castelos e de suas mulheres, dos meus netos queridos que, infelizmente, apesar de queridos e amados por mim, se parecem demais comigo. Apesar da ausência de admiração, tenho amor por todos.

21/12/2022

Sonho com o gigante. Ele está dormindo no lado sombreado da casa do seu filho pobre e honesto. Dorme profundamente. Ronca e peida. O seu filho trabalha cortando lenha. O gigante sonha que está no espaço. Flutua entre as estrelas e a escuridão. Não existe planetas ou qualquer asteroide. Apenas nebulosas e estrelas, gazes e poeiras rosa, verde, laranja e vermelha. As nebulosas se espalham e se misturam com as luzes das estrelas. Sente felicidade, sente fome. Tenta devorar uma nebulosa verde e espessa, sem conseguir nada além de se sujar e ficar com manchas verdes pelos braços. Flutua para a escuridão total, desviando das nebulosas. Entre as nebulosas era feliz, mas na escuridão total se sente ainda mais feliz. Olha para trás e vê as nebulosas e as estrelas diminuindo, enquanto ao seu redor a escuridão se adensa, se aprofunda. Após alguns minutos, não consegue mais enxergar seu próprio corpo. Escuta apenas seu coração imenso, forte e feliz pulsando, pulsando e pulsando. Flutua e avança mais um pouco. A felicidade total. Ronca muito forte e acorda. Peida, tosse e se senta. Olha feliz para seu filho, que ainda corta a lenha. Pingos de suor brilham enquanto caem sobre o machado, as toras de madeira e o relvado macio.

23/12/2022

Minha vida caminha como um grande ciclo. Um ciclo em que as coisas sempre melhoram. Posso ficar desanimado, ansioso ou até mesmo um pouco depressivo, mas os acontecimentos sempre fluem. Algo que aguardo ou espero que aconteça, de repente brota e se faz presente. Nunca penso demais, nunca faço uma introspecção profunda sobre alguma decisão. Deixo acontecer. Será Deus? Esse ser obscuro e de todos? Estou um pouco cansado e levemente ansioso. Sinto que nada está errado. Minha família está bem. Isabel está bem. Minha possível homossexualidade parece ter desaparecido ou adormecido sem que eu percebesse, sem que nem tivesse sido concretizada. Estranho. Onde estão todos aqueles desejos tão fortes? Não me incomodaria que retornassem, os viveria sem problemas. Quero tudo que meu corpo desejar, minha vida e morte sob minhas botas e aprisionadas em minhas mãos. Minhas mãos fortes. Minha consciência tranquila. Meu destino perfeito.

26/12/2022

Dia com minha esposa e filhos. Acordamos tarde e almoçamos no shopping. Fizemos compras de roupas, um sofá, uma poltrona, tênis, uma televisão de cinquenta polegadas, roupas de cama, materiais para jardinagem e novas plantas para o quintal, panelas, pratos, talhares e um novo fogão. Algumas coisas nem precisávamos comprar. Levamos uma parte e outras, as lojas levariam. Lanchamos e voltamos para casa. As crianças e minha esposa foram dormir nos quartos. Shopping cansa. Para mim só comprei um tênis novo. Minha esposa e filhos são mais consumistas. Tudo bem, não tem problema. Contanto que estejam felizes. Deitei na rede do quintal e dormi um pouco. Sonhei novamente com o gigante. Um sonho que depois esqueci. No final da tarde levantei e molhei as plantas. Minha esposa acordou e me perguntou se eu queria comer. Disse que sim. Trouxe um hambúrguer, maçãs e suco de acerola. Falei que podíamos plantar um pé de acerola. Ele cresceria normalmente no quintal. Ela gostou da ideia. Comemos na mesa do quintal e observamos o fim da tarde e a noite chegando com as estrelas. Deitamos na rede e ficamos observando o quintal, as plantas balançando pelo vento na quase escuridão.

30/12/2022

Voltei para a psicóloga/terapeuta/psiquiatra (não tenho certeza, mas acho que ela é as três coisas). O retorno foi agradável. Rimos e conversamos normalmente. Mas, quando começamos a sessão, tudo voltou a azedar novamente. Nem falo da análise em si, mas do tom recriminatório que ela usa comigo. Como se fosse minha mãe. Na verdade, como meu pai. Para ser mais preciso: como se fosse meu pai e eu, seu filho quando criança. Talvez esteja exagerando. Falei sobre os sonhos do gigante e descrevi exatamente algumas passagens, lendo inclusive diretamente. Morrendo de medo, levei meu diário mais recente. Mantive bem protegido o tempo todo. Nesse ponto, veio o azedume dela. Disse que esses sonhos diziam exatamente o que ela sempre interpretou como a minha real natureza: tirânica, violenta, possessiva e manipuladora, mas sem exagero, com doses de humanidade e bondade sutis. Ri e disse que o exagero dela não era pouco, era muito, e discordava daquela análise sem cabimento sobre a minha natureza, baseados em sonhos sem sentido de um gigante que no máximo representava alguma parte idiota que até eu mesmo desconhecia. Levantei assim que acabei de falar e me retirei da sala sem me despedir.

JANEIRO

03/01/2023

Comprei a casa e o ponto comercial na cidade natal de Isabel. Assim, sem pensar muito. Comprei a casa e o ponto que já havia descrito aqui. Ainda sobrou muito dinheiro, muito mesmo. Tenho tanto dinheiro agora como nunca imaginei que tivesse, e tudo muito rápido. Antigamente, para juntar tanto dinheiro eram anos de trabalho e economia. Não me sinto errado, não sinto que sou um criminoso. Estou tirando dinheiro da escória da humanidade, as pessoas mais sujas do planeta. Não sinto culpa ou remorso. Também não sinto contentamento. Apenas estou juntando dinheiro e trazendo melhorias para as pessoas que amo. Nem me importo com esse dinheiro. A felicidade das pessoas que amo é a motivação. Nem mesmo contei para Isabel. Comprei sem ela saber. Ela nem está na cidade. Consegui evitar ser visto pelos pais dela. Resolvi tudo em apenas um dia e voltei para a capital.

06/01/2023

Encontrei com Isabel no apartamento e resolvi contar sobre a compra dos imóveis somente quando fôssemos para a sua cidade natal. Marcamos uma data incerta no futuro. Namoramos e conversamos sobre várias coisas. Ela me relatou um sonho.

Sonho de Isabel:

"Estou deitada sobre um relvado macio, verde e muito escuro. Ao meu redor não havia nada, apenas o relvado que se estendia até o horizonte. O sol do meio-dia era uma grande bola branca. Não havia uma nuvem no céu e mesmo assim o sol não queimava a minha pele, apenas me aquecia. Um vento fraco e morno soprava sobre a minha barriga de quase nove meses de gestação. O bebê chutava toda vez que o vento passava e minha pele se arrepiava quase no mesmo instante. Minha barriga imensa brilhava na luz da manhã. Alisava a barriga e o bebê chutava com mais força. Fecho os olhos e adormeço. Acordo com o gigante ruivo ao meu lado. Na sua mão direita, carrega um bisturi. Sorri para mim e se ajoelha ao meu lado. Sinto seu cheiro forte, seu hálito doce. Ele corta a parte baixa da minha barriga. O sangue escorre, não sinto dor. Com dois dedos, retira o bebê do meu útero e o cobre com um pano branco. Pega um pedaço de linha e faz a sutura da minha barriga. O sangue cessa. Ergo o braço e peço para ver meu filho ou filha. Ele sorri e se levanta, carregando o bebê na palma da mão. Gira o corpo para o horizonte e parte. Tento correr atrás dele e, assim que começo, piso em um pedaço de madeira que corta o meu pé. Observo o sangue escorrendo sobre o relvado enquanto o gigante suavemente desaparece no horizonte."

09/01/2023

Mostrei a casa e o ponto comercial para Isabel. Ela ficou sem acreditar no primeiro momento, mas depois começou a chorar. Disse que eu era louco e como havia conseguido tanto dinheiro. Falei a verdade, havia pedido um empréstimo que pagaria ao longo de muitos anos. Ela disse que me ajudaria a pagar minha loucura. Fomos contar a novidade para os pais. Eles ficaram felizes e assustados ao mesmo tempo. Felizes com o retorno dela para perto deles, mas assustados com a compra de dois imóveis, assim, de forma imediata, muito dinheiro. Isabel repetiu o que eu havia falado antes e reproduzi a mentira na tentativa de torná-la uma verdade, ao menos naquele momento. Não falaram nada, mas me olharam de forma estranha, principalmente o pai. Saímos para ver os móveis e o pai permaneceu com o mesmo olhar incrédulo e firme. A mãe pareceu mais tranquila e afável, feliz pela alegria de Isabel. Comemos pizza antes de retornar para casa e evitei o pai dela o máximo que pude. Durante a noite, ele parecia mais tranquilo, como se tivesse acreditado na mentira ou apenas aceitado a situação, que não era muito plausível. Continuei evitando-o. Ele percebeu isso e passou também a me evitar. Um silêncio constrangedor enquanto estávamos juntos, que só acabou quando eu e Isabel fomos dormir. Será que fui muito longe?

10/01/2023

Resolvo ficar mais alguns dias com Isabel e terminar as pendências dos imóveis. Evitei os pais dela de todas as formas possíveis. Sinto que os dois, principalmente o pai, está querendo me dizer algo e somente aguarda o momento certo. Resolvemos coisas burocráticas o dia todo e fomos dormir. A casa e o ponto comercial ficarão no meu nome. Isabel não falou nada, apenas concordou. Na verdade, nem conversamos. Estou cansado. Apesar da felicidade de Isabel, estou cansado. Apenas quero dormir e não sonhar com nada.

11/01/2023

Depois de dormir bem à noite, acordei disposto. Isabel estava cansada também, nem namoramos. Na verdade, devido à desconfiança dos pais, ela também se afastou um pouco. Impressionante. A compra dos imóveis, motivo de paz e tranquilidade, gerou milhares de rusgas, afastamentos e desconfianças com os pais de Isabel e com a própria Isabel. Não consigo entender nada. Hoje fomo comprar os móveis, para a casa e o ponto comercial, e tivemos uma pequena briga. Nunca havíamos brigado, não que me lembre. Deixei que ela comprasse os móveis e escolhesse o que quisesse, o que gerou outro atrito porque ela queria que eu escolhesse também. Paguei os móveis e nem olhei o valor que havia gastado. Montamos os móveis praticamente em silêncio. Nesse momento, senti uma imensa saudade da minha esposa e filhos. Uma vontade de retornar imediatamente para casa. No final da tarde, escutei os pais de Isabel cochichando na cozinha que possivelmente eu era casado. Eu e Isabel fomo dormir sem nos tocarmos, apenas com um beijo e boa noite. Quando nos beijamos, não senti nada no seu beijo, como se tivesse beijado os lábios da minha irmã. A paixão se foi. Assim como veio, foi embora. E agora?

16/01/2023

Impressionante a minha ausência de sentimento por Isabel. Fico espantado como era louco por essa mulher até poucos dias atrás, a ponto de comprar dois imóveis com intenção de ajudá-la, e agora não sinto nada. Nada. Uma paixão que durou sete meses (ou oito?), nem lembro mais. O que faço com aqueles imóveis? Nem mesmo conversei com Isabel sobre isso. Será que ela já os ocupou? Saí da cidade fugindo dos pais. Retorno somente para conversar com Isabel sobre o fim do namoro e revender os imóveis. E o meu apartamento em que ela vive aqui? Nem lembrava mais. Darei um prazo para ela desocupar. Minha esposa novamente questionou minha ausência. O retorno para casa e vê-la, depois do fim da paixão por Isabel, foi algo tão bom que mentir me fez sofrer um pouco. Repeti a situação de treinamento e disse que ela poderia ligar para a central para confirmar. Respondeu que não precisava: confiava em mim. Essas palavras, ditas de forma tão simples e direta por ela, fizeram meu coração pulsar mais forte, como se tivesse me apaixonado novamente. Minha esposa, meu grande amor, mãe dos meus filhos. Como pude imaginar em ter uma vida com outra mulher além dela? Esses dias em casa me trouxeram uma paz e uma segurança que não consigo descrever. O que seria Isabel perto disso? Uma nova vida, uma falsa vida. Preciso resolver tudo isso.

19/01/2022

Dia tranquilo no trabalho. Nenhuma ocorrência significativa. Apenas o relato de um colega:

"Estresse concentrado. Não aguentou a pressão do trabalho. Tinha surtos e saía correndo no meio de uma ação. Alguns colegas diziam que ele era corretíssimo. E que esse foi o problema dele. Estamos no meio da lama. O sujeito era um passarinho que não queria se tornar um porco. Um porco não fica doente, um porco chafurda e se diverte. Aconselharam a se aposentar. Não quis. Tinha apenas 35 anos, queria trabalhar. Aposentado, continuaria doente em casa. Era um bom homem e querido na corporação. O comandante arranjou um trabalho na secção de arquivo. Mais tranquilo, impossível. Papéis inúteis. Ninguém entrava naquela sala. Existia apenas para o caso de alguma fiscalização, que nunca acontecia. O colega adorou. Fazia seu trabalho em meia hora e tinha o resto do tempo livre. Aproveitou para estudar. Continuou tomando a medicação e fazendo terapia. Formou-se em Direito. Com a formação, ganhou um aumento salarial, mas pediu para continuar no arquivo. Queria ser deixado em paz. Nunca casou, nunca teve filhos, ficou com medo de transmitir algo pelo mundo. Ou seja, tornou-se um simples funcionário público com poder para matar e prender, mas preferia o convívio com os arquivos. Uma manhã, acharam ele morto sobre sua mesa de trabalho. Infarto. Tinha 45 anos."

21/01/2022

Sonho da minha esposa:

"Estou sozinha na casa. Meus filhos foram embora, você foi embora e a casa parece imensa, muito maior do que realmente é. Sinto cansaço, sinto solidão. Vocês foram embora ou morreram, não sei ao certo, tudo é muito confuso. Não tenho quem cuidar, logo não tenho nada para fazer. Resta apenas o jardim do quintal, que você cuidava com tanto carinho. Na verdade, nós dois cuidávamos. Mas cuidar do quintal sem você não tem graça. No decorrer dos dias, as plantas começam a morrer, murchar e escurecer, o que faz com que me sinta ainda mais deprimida. Uma impotência, um cansaço. Começo a dormir por doze, dezesseis horas, até vinte horas por dia. A casa fica abandonada e suja. Não tenho renda, logo não tenho o que comer. Emagreço. Bebo apenas água da pia. Penso em ligar para alguém, mas não tenho mais telefone. Penso em sair de casa, mas sinto medo. Meda da rua, medo das pessoas, medo do céu azul e da luz muito forte do sol, que cega meus olhos. Grito para Deus me levar e acabar com aquele sofrimento, mas Ele nada faz. Emagreço tanto que não consigo mais andar, fico apenas deitada. A morte chega e leva meu corpo. Visualizo, como se ainda tivesse consciência, todo meu corpo devorado, restando apenas meus ossos, que com o tempo se desprendem uns dos outros sobre o colchão. Não sofro mais."

23/01/2023

Encontro tenso com Isabel no meu apartamento. Estava triste. Acho que Ivan dormia em um dos quartos. Falei primeiro e cobrei os imóveis na cidade dela. Cobrei também o apartamento em que conversávamos. Disse que ela poderia sair quando quisesse. Os imóveis no interior não deviam ser ocupados. Os móveis do interior e da capital ela poderia ficar, sem problema. Disse que não entendia como uma paixão tão bonita simplesmente acabou, se ela havia feito alguma coisa, ou os pais. Falei que ela não havia feito nada, muito menos os pais dela. A paixão acabou porque acabou. Assim como surgiu, acabou. Poderíamos ser amigos. Precisando de mim, ajudarei com prazer, até mesmo com dinheiro, caso queira. Disse que não queria meu dinheiro, nem os imóveis, queria a mim. Não respondi nada. Ficamos em silêncio por alguns segundos, nos olhando. Aquela mulher que tanto amei parecia um borrão indistinto, apenas uma mulher bonita, como qualquer mulher no mundo. Falei que isso era impossível. Não mentiria para ela sobre meus sentimentos, nem viveria uma mentira. Ajudarei com dinheiro, caso ela quisesse, só não posso lhe dar os imóveis. Todos meus imóveis ficarão de herança para meus filhos. Ela chorou mais um pouco e nos despedimos com um abraço. Ivan continuou dormindo e não apareceu.

27/01/2023

Relato de minha esposa depois de namorarmos:

"Apenas lembro que foi antes de lhe conhecer, acho que tinha dezoito ou dezenove anos. Bom, a idade não importa. Estava completamente apaixonada por esse rapaz. Quando ele estava longe, pensava nele o tempo todo. Tinha sonhos, longos sonhos, cheio de cores e sons. Como eram esses sonhos? Não me recordo direito. Apenas sei que ele estava nos sonhos e esses sonhos eram bons, cheios de luz e amor, o verdadeiro amor. Estar apaixonada não significa nada. Sonhar que envelhecia ao lado dele e contar para ele também não significou nada. Até hoje me lembro desses sonhos, não totalmente, mas ainda lembro algumas coisas. Estou confusa? Não, não estou confusa. Estou cheia de razão. Um belo dia, o rapaz me disse que queria acabar o namoro. Perguntei o motivo, ele disse que não sentia nada por mim. Simples. E nunca mais nos vimos. Fiquei me perguntando se o problema foi ter me declarado para ele, mencionado os sonhos. Talvez tenha colocado peso demais nos ombros dele, minha intensidade talvez o tenha assustado. Coisa alguma. Minha intensidade foi saudável e o rapaz que era um covarde, incapaz de se apaixonar e me amar como deveria. Na época, não tive esse pensamento, muito pelo contrário, fiquei com sentimento de culpa pelo afastamento dele. Os sonhos se tornaram pesadelos e o que era uma paixão quase se tornou uma doença, ou se tornou de fato uma doença. Não conseguia dormir, não conseguia trabalhar ou estudar. Quando percebi, estava seguindo o rapaz na rua, no seu trabalho. Um dia, fiquei esperando embaixo de uma árvore ele chegar em casa. Fiquei três horas esperando para apenas visualizar ele chegar, entrar no portão, acender a luz do seu quarto, suas sombras se movimentando pelas paredes e depois apenas o silêncio da rua. Durante todas essas perseguições, sentia uma ansiedade fortíssima, meu coração parecia que iria explodir no peito, suava frio, sem coragem de me aproximar e ao mesmo tempo feliz de ter um pequeno vislumbre dele. Consegui uma arma. Sim, uma arma. Mas não foi para acabar com minha vida. Foi para acabar com a vida do rapaz que me fazia sofrer com sua ausência e desprezo. Segui ele na rua com o revólver 38 pesando na minha bolsa. Estávamos no centro da cidade. Poderia encostar a arma nas suas costas e atirar, sumindo depois no meio do barulho e na multidão. Enfiei a mão na bolsa e segurei a arma que estava gelada, o ferro frio afastando minha mão quente e suada. Cheguei a me aproximar dele, mas desisti no último momento. Caminhei sem rumo por um tempo e joguei a arma em uma lata de lixo. Passando em frente a uma loja de roupas, vi meu reflexo na vidraça. Estava suja, os cabelos desgrenhados, completamente louca. Falei: chega, aqui é o ponto final disso. Mas continuei pensando nele. E essa situação durou por meses, até que um dia simplesmente o esqueci. Segui minha vida sem pensar nele ou em homem algum. Até conhecer você. E o rapaz? O rapaz, que eu saiba, casou e teve filhos e seguiu a vida dele. Por que nunca havia lhe contado essa história? Não sei."

29/01/2022

Relato de um colega:

"Outro caso de depressão. Um colega gente fina, parceiro, valente, uma pessoa maravilhosa fora e dentro do batalhão. Tinha apenas vinte e oito anos, estava noivo e era policial a cinco anos. Na época, comprova seu primeiro imóvel. Muito inteligente, já se organizava para fazer faculdade de direito e crescer na carreira como policial. Mas, sem nenhum motivo aparente, desenvolveu ansiedade. Até aí tudo bem, todo policial ou sofre ou sofrerá ansiedade. Eu já tive e vocês também já devem ter sofrido. É muita pressão, a morte que pode chegar a qualquer momento, a morte que nós geramos e pode ser intencional ou acidental, ou os dois. Começou a se tratar e seguiu a vida dele. Mas, o que era algo passageiro, permaneceu e se acentuou. Teve que aumentar a medicação. Ficou agressivo e terminou o noivado. Tinha surtos no meio da operação, o pau quebrando, bala voando pra tudo que é lado, ele se agachava e começava a chorar abraçado ao fuzil. A mente do cara simplesmente se esvaiu. Por isso nunca tomei esses remédios muito pesados. Na época em que tive ansiedade, fazia meditação, muito exercício físico, orações e um remedinho apenas para não ter aquele movimento cardíaco muito forte que a ansiedade gera. Fiquei bom. Esses remédios pesados só lhe viciam e te afundam ainda mais na doença. Nunca tomem. Acho que o culpado dessa medicação dele foi o médico. Um médico melhor daria um remédio mais leve e esperaria a evolução da doença.

Enfim, nada disso importa. O colega foi definhando, definhando até ser afastado. O que acho que piorou a situação dele. Ficar parado em casa, sem nada para fazer. Um dia, se enforcou com a bandoleira do seu fuzil no quintal de casa. A mãe achou seu corpo. Tinha 30 anos."

31/01/2022

Consulta com a psicóloga. Contei os sonhos de Isabel e minha esposa. Ela perguntou sobre meus sonhos com o gigante, minha ansiedade e medicação. Nesse mês, não sonhei com o gigante. A medicação tomo como foi prescrita, a ansiedade é quase nenhuma. Perguntou se eu queria diminuir a medicação para ver o efeito ou manter a mesma. Não recomendou retirar completamente. Falei que continuaria com a medicação, apenas diminuiria a miligrama, caso fosse possível. Disse que tudo bem. Qualquer coisa, que eu relatasse a ela sobre minha ansiedade. Que ficasse atento. Perguntou se eu sentia falta dos sonhos com o gigante. Não sentia falta, mas também os sonhos com ele não me faziam mal, eram apenas sonhos. Ela me olhou de uma forma estranha, como se quisesse me dizer algo e acabou não falando. Falou sobre os sonhos de Isabel e da minha esposa. Teria que conversar com a minha esposa para analisar de forma correta, mas talvez os símbolos expressos nos sonhos fossem a representação de uma mulher sofrendo, sufocada e prestes a ser abandonada por um homem abusivo e tirânico. Ficamos calados. Ela ficou me olhando. Levantei da cadeira e me retirei do consultório.

FEVEREIRO

03/02/2022

Trabalhando na ronda, encontro com Isabel. Está linda como sempre. Menciona que já saiu do apartamento e conseguiu outro bem próximo de onde estávamos. Apenas Ivan permanece nele. Pergunto o motivo. Diz que não quer mais viver com ele, quer ficar sozinha por um tempo. Pergunto no sentido de saber o motivo que ele permanece no apartamento. Ela diz que não sabe. Qualquer coisa, ela poderia ligar para ele e perguntar. Digo que não precisava, eu mesmo iria conversar com ele. Pergunta se eu queria ver o apartamento novo. Digo que sim. Ela me passa o endereço e segue para o imóvel. Dou uma volta com a ronda e peço que me deixem no endereço. O apartamento é menor do que ela morava quando a conheci, e muito menor que o meu. Talvez trinta metros quadrados, um pouco mais. Bem no centro, bem limpo e arejado, um apartamento quase no último andar, as luzes dos outros prédios se espalhavam infinitamente pela noite. Comento que a vista é melhor que o meu e o anterior dela. Ela concorda. Poucos móveis. Sento em uma cadeira de plástico perto da janela. A noite está quente, mas um vento sopra constante pela janela. Pergunta se eu quero café. Digo que sim. A noite está tranquila, apenas um louco grita de um dos apartamentos distantes. O restante são barulhos da cidade: ambulâncias, viaturas, tiros, gargalhadas, copos ou vidros se despedaçando no chão. Sinto uma estranha paz, como se tudo estivesse em ordem. Isabel traz o café. Senta ao meu lado. Pergunto sobre seus pais. Fala que eles estão bem. Trabalhando, como sempre. Isabel bebe seu café e suspira. Parece cansada. E triste. Não pergunto mais nada. Retiro cinco mil enrolado em elástico e lhe dou. Digo que é para ajudar um pouco nas contas. Ela diz que não precisa. Insisto. Ela pergunta quanto tem ali. Cinco mil.

Diz que tem muito. Insisto. Ela aceita. Diz que vai ajudar bastante, já que esse apartamento é mais barato que o anterior. Não sinto mudança nela. Parece que o dinheiro na sua mão a deixou mais cansada e triste. Falo que irei à cidade dela para vender os imóveis. Ela disse que eu poderia ir e ficar na casa dos pais dela. Pergunto sobre os móveis. Ela disse que já pegou todos. Deu aos pais alguns, vendeu o restante e ficou com o dinheiro. Digo que preciso voltar para a ronda. Nos abraçamos. O corpo dela parece mais frágil e magro. Digo que, caso precise de algo, pode me procurar. Diz que tudo bem. Nos despedimos. Descendo o elevador, sinto uma boa paz. Segui meu coração. Meu coração frágil e violento, mas o segui.

06/02/2023

Matei Ivan. Fui ao apartamento e ele não estava. Como tenho a chave, entrei. O apartamento estava uma zona total, os poucos móveis que Izabel deixou quase destruídos, sujeira de dias, resto de comida, baratas, um fedor terrível. Resolvi esperar ele chegar para que limpasse. Nada. Saí do apartamento e comprei comida. Quando voltei, ele estava esparramado no sofá, dormindo. Parecia drogado ou bêbado ou os dois. Joguei um copo com água no seu rosto. Ele levantou assustado e voltou a sentar no sofá. Questionei o motivo da sujeira, se Isabel tinha conversado sobre a saída do imóvel. Ele me olhou por um tempo e depois percebeu quem eu era. Deu risada e se levantou do sofá. Disse que não iria mais sair do apartamento e, se eu o forçasse a sair, ele contaria para minha esposa sobre Isabel. Dei risada. Nunca havia sido chantageado antes, pelo menos que me lembre. Ele se sentou no sofá e também riu. Pensei em espancá-lo, mas, quando percebi, estava excitado. Desferi um soco no seu rosto. Ele caiu com a cabeça no sofá. Arranquei a sua cueca e penetrei nele. Senti sua carne rasgando enquanto ele tentava gritar e eu tapava sua boca com as mãos. Depois de algum tempo, a penetração ficou melhor. Senti sangue escorrendo pelas minhas virilhas, o que me deixou mais excitado. Gozei e continuei até gozar novamente. Ele parou de gritar e ficou gemendo, chorando baixinho. Saí de dentro dele. Sangue para todo lado, muito sangue. Ele saiu do sofá e se rastejou até um canto sujo da sala. Fui ao banheiro e me lavei. Achei uma calça, esquecida no armário de Isabel. Voltei para a sala. Ivan ainda estava estirado em um canto da sala. Ao redor do seu quadril, muito sangue. Decidi não falar nada com ele e esperar que levantasse. Comi o lanche que havia comprado. Comi lentamente e terminei em dez ou quinze minutos. Levantei da cadeira e olhei para Ivan. Estava na mesma posição e a mancha de sangue havia crescido. Toquei no seu ombro e ele estava gelado. Procurei o pulso pelo pescoço e nada. Acendi a luz da sala e a sua pele estava azulada. Morto. Sangrou e morreu. Fiquei alguns segundos parado, sem conseguir pensar. Até que vi uma mala grande encostada no corredor. O corpo de Ivan era pequeno e magro, bastava partir ao meio e conseguiria colocar na mala. O problema seria partir o corpo. Percebi que não seria necessário: bastava dobrá-lo. O corpo deu perfeitamente na mala, ainda sobrando espaço. Encontrei sacos de lixo de cem litros e coloquei as roupas sujas e todo o lixo. Lavei o banheiro e passei pano por todo o chão. Duas horas depois, havia acabado. Coloquei todo o lixo na área comum. A mala, carreguei normalmente. Rodei por uma hora até achar um córrego cheio de lixo. Joguei a mala. Ela rodou um pouco no meio do lixo e depois afundou cercado pela espuma amarela e suja. Voltei para o apartamento. Terminei de limpar o imóvel e retirei mais lixo. O único problema era o sofá, que estava cheio de sangue. Decidi que depois resolveria a forma de sumir com ele. Quando voltei para casa, eram cerca de dez e meia. Minha esposa e filhos dormiam. No momento em que me deitava, minha esposa acordou. Perguntou por que havia demorado tanto. Disse que o pneu furou e fui reconhecer o corpo de um colega na central. Demorei em dormir.

09/02/2023

Sonho com o gigante. Estou deitado sobre um relvado. Além do relvado, que se estende até o horizonte, existe apenas um casebre. Nele mora uma pessoa que não consigo identificar. Está na cozinha e lava os pratos. Pela pequena janela, vejo suas costas nuas. Escuto o barulho da água, a fricção do sabão, as espumas nos pratos. Suas costas são bonitas, a cintura é fina. O cabelo, liso e aloirado, caindo na altura dos ombros, brilha na luz que entra pela janela. Fico excitado, destruo o casebre e agarro a pessoa. Penetro no seu corpo e o parto em duas partes, gozando ao mesmo tempo. Largo o corpo belo e usado no chão. Olho para o rosto da pessoa morta. Percebo que é o meu filho honesto que acabei de violentar e matar. Grito horrorizado e saio correndo. As montanhas tremem, os oceanos se movimentam, cidades e países são destruídos em terremotos até eu parar cansado, desabar e chorar rios de lágrimas.

12/02/2023

Vendi os imóveis na cidade de Isabel por um preço bem abaixo do que os comprei. Ao menos consegui recuperar uma parte do dinheiro. Na guerra e nos butins, recupero tudo. Consegui evitar ao máximo os pais de Isabel. Nem sinal deles nos dois dias que fiquei na cidade. Dormi em um hotel e saí apenas para resolver a papelada com o corretor. Ele inclusive me aconselhou a não vender, não naqueles valores. Venda feita, retornei para a capital.

13/02/2023

Encontro com Isabel trabalhando. A primeira coisa que me questionou é se achei Ivan. Falo a verdade: encontrei com ele e dei um prazo para sair do apartamento. Ele disse que sairia com uma semana. Pergunta se depois eu o vi. Digo que não, não o vi. Isabel fica calada e apenas me olha. Um silêncio estranho, certa repulsa por parte dela. Antes que ela se afastasse de mim, digo que tenho que voltar para o trabalho. Dentro da viatura, olho para seu rosto. Parece cinzento, sem vida. Cada dia que passa mais magra. Sinto pena e tristeza. Uma mulher que amei definhando no tempo, no meio da sujeira, da fuligem, na escuridão da noite. Depois que a viatura se afastou, senti uma leve palpitação no peito. Em um semáforo, um rapaz cruzou a rua e podia jurar que era Ivan. O mesmo corpo, o mesmo cabelo. Ele virou o rosto e a luz vermelha do semáforo iluminou um rosto que não era o dele. A palpitação no peito continuou por toda a noite.

16/02/2023

A sagrada violência que alivia nossa alma e nos liberta de nossos demônios. Até escrevendo aqui, nesses diários, a violência é agradável. A violência como palavra, como linguagem. Fomos chamados para um casebre quase fora da cidade, um lugar bem rural, sujo e cercado de lixo. Apenas dois cômodos, quase não havia móveis. Apenas um ponto de luz. O pai violentou a filha. A esposa chorava em um canto sujo, abraçada com a criança. Uma viatura levou as duas para o pronto-socorro. Os vizinhos seguraram o marido. Feio, sujo e magro. Cagou e se mijou de medo. Estava machucado. Um dos vizinhos perguntou o que faríamos com ele; qualquer coisa, deixasse por ali mesmo. Falamos para que não se preocupassem, a justiça seria feita. Carregamos o pai para a casa da Fada do Dente. Arrancamos suas orelhas e o fizemos comê-las. Ele não conseguiu mastigar. Arrancamos o pênis e os testículos. Desmaiou de dor. Jogamos água. Perfuramos os olhos, arrancamos as unhas das mãos e dos pés. Desmaiou três vezes. Mais água. O sangue brilhava no nosso chão imaculado. Com um cassetete, o violentamos. Terminou de sangrar e morreu. Jogamos o corpo perto da casa dele. Os vizinhos saíram de seus casebres no amanhecer. Olharam assustados para o corpo. No meu coração, nenhum batimento a mais do que o normal. Paz.

18/02/2023

Recuperei o dinheiro que perdi na venda dos imóveis na cidade de Isabel. Achamos um vereador depois de violentar um garoto de programa. O rapaz na identidade tinha dezenove anos, mas parecia ter dezesseis. O vereador se recusou a pagar o programa e depois o violentou. Estava tão bêbado e drogado que não saiu da cena do crime. Levamos o rapaz para o pronto-socorro. Carregamos o vereador. Além de vereador, era dirigente de escola de samba, empresário de jogador de futebol e traficante. Sucesso. A casa parecia uma fortaleza ao redor de casebres e palafitas. Os seguranças quase atiraram quando nos viram. Um deles era policial e estava de folga. Anotamos o nome dele. O butim: meio milhão de reais. Joias, diamantes, dinheiro vivo, barras de ouro. Cem mil para cada. Sucesso. Iríamos levá-lo para a delegacia e jogar em uma cela. Talvez não acontecesse nada devido ao seu controle no submundo, mas vai saber. Uma situação de sorte. Mas havia o policial como segurança. Conversamos com ele e deixamos o vereador. Dissemos para ele que faríamos isso para não comprometer nosso colega. Mentira. O colega seria entregue depois, por se misturar com aquela gente. O vereador ficaria como uma poupança viva e lucrativa. O melhor remédio para a minha ansiedade, o meu coração em paz.

19/02/2023

Sonho de um dos meus filhos:

"Apenas sei que estava apaixonado por ela, muito apaixonado, meu primeiro e grande amor, pai. Quando a via, meu coração pulsava muito forte, a ponto de saltar pela boca. Quando escutava seus passos se aproximando, e até isso memorizei, o som que seu modo de andar fazia no chão, algo tão difícil de distinguir de uma pessoa para outra, a respiração me faltava e, mesmo distante, também sentia o cheiro do seu perfume, tão característico dela. Finalmente nos encontramos e namoramos e perdemos a virgindade juntos. Lembro do seu sangue misturado com o meu pelo lençol, dois tons de vermelhos, um mais claro e o outro escuro, avançando pela brancura do lençol, um cheiro forte e bom de sangue. Nossa paixão continuou intensa, cada pedaço dela alegrava minha memória quando não estava ao seu lado. O sexo avançou para outras direções e passamos a nos agredir, uma relação violenta. Era algo tranquilo, pouca violência, mas depois com o tempo passamos a nos agredir a ponto de desmaiarmos e o sangue ser volumoso. E quanto mais nos agredíamos ou nos machucávamos, mais prazer sentíamos. Um belo dia, no furor do sexo, arranquei seu olho. Ela gozou com tanta intensidade que se mijou várias vezes. Na minha mão, o seu olho brilhava, ainda cheio de vida. Avançamos nos nossos desejos. Arranquei sua orelha e ela, meu nariz. Arranquei suas unhas das mãos e pés, ela decepou três dedos de minha mão. Arranquei com uma dentada um naco de sua bunda, ela arrancou um dos meus testículos. Em algum momento, não havia mais nada para ser arrancado: nos tornamos duas massas escuras cercadas por sangue e pelo cheiro agradável que ele exalava. Sentia que ela estava feliz, eu também estava feliz e nada mais importava. Será que sou doente, pai?"

21/02/2023

Encontro com Isabel. Estava trabalhando. A primeira coisa que me pergunta é sobre o paradeiro de Ivan, que não o vê faz quinze dias. Digo que nada sei. Pergunta se fui ao apartamento. Não depois daquele dia que cobrei que saísse. Ela me olha com nojo e assustada, e esse olhar me encheu de angústia. Na mesma hora, a ansiedade retornou, meu coração galopou no peito, faltou ar, tontura. Com muita dificuldade, digo que preciso voltar para o trabalho. E completo: se encontrar com Ivan ou souber alguma notícia, venho repassar a informação. Ao dizer isso, ela me olhou com mais nojo ainda, como se, ao demonstrar tamanha atenção, significasse a confirmação da morte de Ivan por mim. Não olho mais para ela, a não ser quando a viatura já está distante e Isabel é apenas uma mancha distante e sem vida no meio da escuridão. A ansiedade nesse momento diminui, mas permanece.

23/02/2023

Relato de um colega:

"Na verdade, sempre existiu desconfiança. Em qualquer lugar, sempre há. Mas ninguém o tratava mal. Além do mais, era um excelente colega. Cada um cuida da sua vida, afinal de contas.

Eu mesmo não me importo. Ninguém se importa, para ser bem sincero. Mas havia as piadas, havia o escárnio educado, os silêncios constrangedores. Um dia, ele simplesmente beijou um colega no banheiro do batalhão na frente de todo mundo. O colega nem reagiu, ficou parado, pegou as coisas dele e saiu do banheiro. Agiu certo e de forma digna. O colega que beijou pegou suas coisas e saiu correndo. Comprometeu a si mesmo, comprometeu o colega, comprometeu o batalhão. Foi encontrado com o pênis enfiado na garganta, as unhas arrancadas, testículos esmagados, olhos perfurados, braços e pernas quebrados."

26/02/2023

Sonho de outro filho:

"Estava cansado, pai. Acho que isso influenciou no sonho. Ando bem cansado de tudo ultimamente, mas não é esse o caso. Sonhei que matava um colega de escola por uma simples discussão. Não lembro o que discutíamos. Acho que foi sobre videogame, ou sobre futebol, não sei. Tudo ficou branco, totalmente branco. Depois percebi que caminhava para um espaço fechado e pegava um cabo de vassoura. Saía do espaço fechado e caminhava para um espaço aberto. O cabo de vassoura estava com ponta em uma das extremidades. Tudo muito claro. No meio da claridade, enxerguei meu colega e enfiei o cabo de vassoura no seu pescoço fino e magro. Ele caiu e começou a se debater. Muito sangue no meio da claridade, sangue espesso, vermelho e rápido. Novamente, o clarão. Depois, acordei. Acordei inexplicavelmente feliz, fisicamente feliz, se você me entende. Como se tivesse uma grande satisfação, uma satisfação que jamais tive. Felicidade e satisfação."

28/02/2023

Não fui à psicóloga. Ontem, voltando para casa durante a madrugada, pensei ter visto Ivan. Ele cruzava uma rua e passou bem na frente do meu carro. Não levantou a cabeça, mas o andar e o físico eram iguais. Meu coração disparou, senti falta de ar e uma leve ereção. Entrei na rua em que ele caminhava. Uma rua escura, quase nenhuma iluminação, apenas a lâmpada de um poste ou outro estava acesso. Ele parou na frente de uma casa pequena, tirou o cadeado de um portão de ferro e entrou. Uma luz dentro da casa foi acessa. Silêncio. Cinco minutos depois, a luz foi apagada. Mais silêncio. Acelerei o carro e voltei para casa. Meu peito doeu a noite toda. Ansiedade. Meus remédios e as receitas acabaram.

MARÇO

03/03/2023

Sonho com o gigante. Ansioso e deprimido, resolvo me deitar em uma região desértica. Para ser mais exato, em um extenso campo antes agrário e agora infértil, uma terra arrasada, com pedras, areia e algumas árvores mortas. Deito e durmo. Durmo por dias para que tudo se esvaia de minha mente e coração. Os dias passam e continuo dormindo. Uma fina camada de areia deposita-se sobre mim. Dois meses e ainda durmo. Estou tão gordo, quase obeso, que a camada de gordura espalhada pelo meu tronco me mantém vivo sem que precise me alimentar. O meu corpo afunda a terra. A chuva lava minha pele e me hidrata, evitando uma morte por sede. Cago e mijo. Adubo a terra. Grama e mato começam a nascer ao redor de minhas pernas. Besouros, passarinhos, mosquitos, formigas, percevejos, minhocas surgem de regiões distantes, flores selvagens e pequenas árvores nascem ao redor de mim. Uma boa sombra. Ainda respiro. O meu coração ainda pulsa lentamente e às vezes acelera, como se me lembrasse de algo que não quisesse; quando isso ocorre, as formigas morrem esmagadas pela terra que carregavam para fora do formigueiro. Um ano se passa. Dois anos. As árvores crescem e ultrapassam meu corpo. Um pequeno rio se forma; peixes se espalham. Animais maiores, aves distantes, insetos antigos. Mais dois anos, mais três anos, mais cinco anos. Uma floresta fechada e uniforme se espalha por muitos metros. O meu coração parece estar descansado. Desperto. Levanto. Ao levantar e apoiar minhas mãos no chão, destruo metade da floresta. Em pé, me sacudo, gerando uma nuvem de areia que mata metade das espécies. Caminho. Com apenas três passos, destruo mais alguns metros. Afasto-me na direção do sol. Olho para trás. A floresta está quase toda destruída.

06/03/2023

Sonho de um dos meus filhos:

"Será que estou doente, pai? Por que estou tendo esses sonhos estranhos? O que eu sonhei? Prefiro não contar, estou envergonhado. Você quer que eu conte assim mesmo? Tudo bem. Mas, por favor, não conte para ninguém, ok? Sonhei que estava com a minha namorada ou uma garota qualquer, não sei definir. Ela estava dormindo ao meu lado. A luz do abajur iluminava seu corpo nu, firme, jovem e bonito. Ela dormia profundamente. Fiquei extremamente excitado ao ver seu corpo. Tudo ficou branco, leitoso. Quando percebi estava tapando sua boca com uma mão e tentando segurá-la com a outra. Ela se debateu por alguns segundos e depois ficou estranhamente quieta. Apenas seus olhos ferozes me olhavam. Primeiro, cheio de raiva. Depois, cheio de lágrimas e súplica. Tudo ficou branco e leitoso novamente. Despertei e o corpo tão bonito da garota estava ao meu lado, esquartejado em várias partes, com a cabeça jogada no canto do quarto. Sangue para todo lado, sobre os lençóis, pelas paredes, nas minhas mãos e por todo meu corpo. Olhei minha imagem em um espelho e não consegui ver meu corpo refletido, apenas uma mancha negra e densa, cheia de filamentos também negros parecendo algas que se mexiam cheios de uma estranha excitação. Apenas trevas e nada mais. Pai, por favor, me ajude. Você me ajuda?"

09/03/2023

Relato de um colega:

"Existem milhares de casos semelhantes. A pressão é grande, meus camaradinhas. Quem não aguenta, não devia nem entrar.

E, se entrar, deve estar preparado para tudo, tudo mesmo. Nossa profissão é para poucos. Caminhamos entre a escória e dentro do inferno. E o inferno é aqui, não depois de morto. Depois de morto não resta nada, somente os ossos, restos de tecidos e o esquecimento. Esse camaradinha, ao invés de se divertir e curtir o mundo, surtou em pleno jantar de família. Tinha apenas 23 anos. Dois anos na guerra. Surtou e matou a esposa, o pai e a mãe. Adivinhem com o quê? Um pente, meus camaradinhas, o cabo de madeira de um pente. Atingiu todos no pescoço. O pai ainda tentou se salvar e correu para a rua, com o sangue jorrando entre seus dedos, tentando estancar o ferimento. A mulher e a esposa morreram sentadas na mesa de jantar. Sangue para todo lado, imaginem a cena. Como diz o ditado: um soldado enlouquecer é a coisa mais fácil do mundo. Está até hoje em um hospício. Tem apenas 27 anos, mas aparenta 60 e poucos. Vida dura e difícil, meus camaradinhas, vida dura e difícil. Mesmo assim, adoro ela."

13/03/2023

Sonho do outro filho:

"Terrível, pai, terrível. Não sei mais o que fazer com esses sonhos. Eles surgem e me assustam. Tem como parar de sonhar? Não? Melhor é falar sobre eles? Estou cansado. Tudo bem, vou falar sobre eles. No mais recente simplesmente eu me agredia dentro do quarto. Batia a cabeça na parede, em um espelho, contra a quina da cama, e me jogava no chão de cabeça para baixo. Com o tempo o sangue começou a escorrer pela minha cabeça. Olhei meu rosto em um pedaço de espelho quebrado e meu reflexo sorria, com os olhos loucos brilhando de alegria. Em outro sonho, comecei a devorar pedaços de mim mesmo. Primeiro o estômago, o rim e o fígado. Depois o pênis, o saco escrotal e a bunda. Depois os braços e as pernas, restando apenas a minha cabeça, que tentava morder e devorar partes do meu rosto, o nariz, as orelhas. Em outro, me encharcava com um galão de gasolina e me incendiava com um fósforo. Enquanto queimava, gargalhava feliz pelo meu fim. O que tudo isso quer dizer? Por que tenho esses sonhos? Não quero mais sonhar, pai. Por favor, me ajude, pai. Por favor."

13/03/2023

Isabel foi morta enquanto trabalhava. Nem estava no plantão. Um colega a reconheceu e me avisou. Saí duas horas da manhã de casa com a desculpa de reconhecer um corpo na central. Quarenta minutos depois, chego ao motel barato, um hotel de três andares, fora da cidade e ao lado de uma BR. Estava jogada ao lado da cama com os braços amarrados por fios de arames. O rosto retalhado por vários cortes, a garganta cortada de ponta a ponta, o couro cabeludo arrancado em alguns pontos, deixando buracos no cabelo. As roupas foram rasgadas como se tivessem sido arrancadas. Um dos bicos do seio foi arrancado com uma dentada. Foi violentada. Pelo corpo, manchas roxas de pancadas. O colega me informa que o assassino era um policial aposentado, um senhor de 72 anos. Foi encontrado drogado, bêbado e pelado, caminhando no acostamento da BR. Estava na central, detido. Sigo para a central. Cinquenta minutos. O delegado me informa que ele já havia sido solto. Peixe grande, tio do governador do estado. Ninguém deve tocar nele. Ficamos em silêncio. Ele anota algo em um papel e me entrega. O endereço do peixe grande. Agradeço em silêncio com um gesto de cabeça. O delegado repete o gesto.

16/03/2023

Sigo o velho por dois dias. Mora em uma casa antiga de dois andares, bem murada e gradeada, parecendo um forte. Um quintal grande e cheio de plantas. Ao redor da casa e por toda a rua, apenas prédios. Não havia câmeras de segurança na casa, ao menos na parte externa. Todos os dias, no final da tarde, ele sai para beber, sempre armado. Caminha cerca de duas quadras até entrar em um bar antigo e sujo, com azulejos amarelos e cartazes de cervejas pelas paredes. Bebe por duas horas e volta cambaleando para casa. A arma fica visível, balançando na cintura. A rua é tranquila e bem policiada. A cada três horas, um carro da ronda passa pela manhã e tarde; à noite, a cada duas horas. No terceiro dia, resolvo pegá-lo. Ele voltava do bar. Esperei chegar bem próximo do portão de sua casa para evitar as câmeras dos prédios. Fedia a bebida. Resmungou algumas palavras quando disse que aquilo era um assalto e que queria entrar na casa. Depois de alguns segundos, deu uma risada e disse que não tinha nada de valor. Deu um arroto e completou que ele era policial, eu iria me complicar. Peguei a chave de suas mãos e abri o portão. Passamos o imenso quintal cheio de plantas, que se espalhavam confusas sobre o chão gramado. Subimos com dificuldade os degraus descascados e cheios de limo. Embaixo da escada, uma garagem conjunta com uma espécie de cômodo grande e janelas com película escura. Chegamos ao segundo andar. Cheiro de mofo e umidade. Entramos na sala. Grande, espaçosa, com móveis de couro. Por várias paredes, estantes cheias de livros, espalhados em pilhas pelo chão. Mais plantas em jarros, misturados com os livros. Entramos na cozinha. Cheiro de fritura, garrafas de cerveja e vinho sobre a pia. Pouca sujeira, parecia bem limpa. Azulejos amarelos pelas paredes, um fogão novo. Entramos no seu quarto.

Uma cama de casal bagunçada, um armário pequeno. Algemei ele e coloquei-o sentado no chão, com o rosto virado para a parede. Ele gemeu, mas não falou nada. Dentro do armário, um revólver 38 e uma pistola .40. Documentos, papéis, três cadernos pretos e médios parecendo diários, identidades antigas de pessoas da década de sessenta e setenta. Poucas roupas, roupas simples. Embaixo do colchão, outro revólver, um 22. Deixei onde estava e entrei no outro quarto. Uma cama de casal, um armário vazio. Outro quarto e a mesma coisa. O banheiro, no final do corredor, também estava limpo e organizado. Retornei para o quarto. Perguntei quem ficava nos outros quartos. As filhas. Elas moram com você? Não, não moram, foram embora. Que idade elas têm? Uma de trinta e cinco e outra de quarenta. Quem limpa a casa? Ela parece bem limpa. Uma moça vem uma vez por semana, limpa a casa e molha as plantas. Qual foi a última vez que ela veio? Quatro dias atrás. Arrotou e resmungou: estamos sozinhos, meu amigo, não se preocupe. Só quero as coisas de valor e depois parto. Mentira, você não quer isso. Fui policial por quarenta e cinco anos, entrei com apenas dezenove. Estendi a minha aposentadoria para continuar trabalhando, amava aquilo. Você não está aqui por nada de valor. Eu sei. Resmungou, arrotou e peidou, encostando a cabeça na parede. Não respondi nada. Levantou a cabeça: caso queira algo de valor, tenho um cofre no cômodo grande na parte de baixo, ao lado da garagem. Devo ter algo do seu interesse. Apesar de que tenho certeza de que não está aqui por nada de valor. Não respondi nada. Levantei ele. Peguei toda a papelada, as identidades, os diários, as armas e coloquei em uma sacola. Desci as escadas. Já era noite. Ele estava mais sóbrio. Tem um interruptor naquela coluna, disse. Liguei e um poste se acendeu no centro do jardim. Embaixo dele um banco e uma mesinha de concreto. Meu lugar preferido da casa, disse. Naquele momento, senti o cheiro do jardim, cheiro de mato e terra. Seguimos para o cômodo. A porta estava aberta. Cheiro de sangue e morte. Ele indicou onde tinha um interruptor. Acendi. Uma luz fraca e amarela se acendeu. Uma câmera de tortura. Em um dos cantos, uma cadeira do dragão, com os fios conectados na energia e soltos sobre uma cadeira de ferro. No outro canto, uma cama de ferro sem colchão, o estrado enferrujado, também com fios conectados. O pau de arara como dois postes de concreto na vertical, afastados entre si por cerca de meio metro e uma barra de ferro na vertical ligando os dois. Um grande barril de plástico cheio de água, amarrado na parede por cordas. Uma mesa de escritório com algumas cadeiras. Sobre a mesa, palmatórias, uma bateria de veículo, um cassetete coberto por arame farpado, gasolina, álcool, lâminas, estiletes, alicates e pequenas facas. Atrás da mesa, o cofre que ele mencionou. Coloquei ele sentado em uma das cadeiras. Bem embaixo da luz, e no centro do cômodo, havia um ralo e resto de sangue. Quem utiliza isso aqui? A rapaziada. Isso aqui existe há muito tempo, talvez desde sempre. Moro aqui tem pouco anos, cerca de seis. Ganhei de presente. Utilizo pouco agora, mas já utilizei muito. A rapaziada ainda utiliza. Sem minhas filhas aqui, ficou tranquilo. Suas filhas sabem desse cômodo? Não, não sabem. Elas foram embora muito anos antes. Por quê? Não me suportaram, basicamente. Tenho problema com álcool, e elas começaram a me irritar depois da morte da mãe. Sua esposa? Sim, morreu em um acidente doméstico. Que acidente? Caiu de uma escada e fraturou a coluna. Suas filhas estavam na hora da queda dela? Não, não estavam, como você bem sabe. Como assim, eu sei? Porque você sabe, meu amigo, você sabe. Peidou e se movimentou pela cadeira. Sinto saudade de minhas filhas. São as únicas pessoas que amei. Silêncio. Que identidades são aquelas? Presos políticos que matei. Guardo a identidade deles como um souvenir. Uma recordação. Bons tempos aqueles, erámos respeitados, agora somos como cachorros. Cachorros necessários, mas sem honra. Quantos você matou? Trinta e três. Exatamente trinta e três? Sim, exatamente trinta e três. Lembra de todos eles? Sim, lembro de todos e de todas as formas de mortes. Era uma garotada esperta e inteligente, cheios de coragem e fúria. Todos nós os admirávamos. Inclusive você? Sim, inclusive eu. Alguns morriam e não falavam nada, impressionante. Nem uma palavra, apenas gritavam e gemiam. Outros falavam, mas demoravam dois dias. O que fazia com que as informações quase não fossem aproveitadas. Dessas trinta e três mortes, efetuei apenas mais três prisões a partir das informações que obtive. O restante, se perdeu, ou eles simplesmente não falavam. Como disse, garotada de fibra. Quem é inteligente nesse país acaba sendo enterrado. É melhor não ser. Você sentia pena deles? Não, não sentia. Era meu trabalho e fazia com perfeição. Mas, como disse, os admirava. Matou apenas presos políticos? Não, os presos políticos foram trinta e três. Matávamos bandidos comuns também. Mas esses eram tediosos, não valiam nada, não tinham importância. Quantos bandidos comuns matou? Sei lá, vários, cem ou mais. Aqui? Aqui e em outros lugares. Essa conversa toda me deu sede. Poderia beber água? Não vou subir. Pode pegar a água que está no barril. Eu troquei ontem. Havia um copo na mesa. Enchi no barril e trouxe para ele. Ele agradeceu. Silêncio. Você já matou alguém? Já, já matei. Preso político? Não, não sou tão antigo assim. Silêncio. Matei uma vez uma menina linda, dezenove anos. Presa política. Tinha apenas dezenove anos, mas fisicamente parecia ter quatorze ou quinze. Era uma fera. Prendemos depois de intenso tiroteio, ela sozinha contra cerca de oito homens. Até granada sobre a gente ela jogou. Fizemos de tudo para ela falar e ela não falou uma palavra, nem mesmo uma lágrima derramou. Lembro de olhar para meus colegas durante as sessões de trabalho, que duravam horas e horas, horas intermináveis, e eles estavam exaustos, mais do que exaustos, assustados e com medo da coragem daquela menina, a força daquela mulher. Aquela menina parecia uma montanha, o oceano, o espaço, algo que jamais alcançaríamos e sempre seríamos menores e inferiores. Quanto mais trabalhávamos nela, mais ela parecia se fortalecer, ficar invencível; quanto mais sangue e pedaços de seu corpo tirávamos dela, mais ela lutava. Depois de três dias, não resistiu. Ficamos olhando para o corpo dela, sem coragem de tocá-lo mais, assustados com a vitória que o silêncio e a morte dela nos causou. Uma vitória que nunca teríamos, nem enfrentando um terço do que ela enfrentou. Não diria um terço, um centésimo do que ela enfrentou. Você sabe por que estou aqui, não sabe? Sim, sei. Foi aquela garota de ontem? Sim. Você é policial? Sim, sou. Ela era sua filha? Sim, ela era. Silêncio. Aceito a minha morte. Já vivi demais. E será uma honra morrer pelas mãos de outro policial. Faça o que quiser comigo. Vou te torturar, fique ciente disso. E, quando começar, não irei parar. Eu aceito, sem problemas. Antes, quero a senha do cofre. Ele me passa a senha. No cofre, não tem nada de valor, apenas mais papéis, documentos e identidades. Coloco tudo na sacola. Nem questiono por que mentiu sobre as coisas de valor que havia no cofre. Levo para o afogamento. Ele gorgoleja por alguns segundos e apaga. Levanto seu tronco achando que havia somente desmaiado e ele estava morto, sem pulso. Jogo seu corpo no chão. Pego a sacola com todos os objetos dentro e limpo minhas digitais em tudo que toquei. Espalho a gasolina que estava na sala da tortura pela casa, principalmente sobre os livros. Abro as quatro bocas do fogão. No jardim, acendo a gasolina. Ela sobe os degraus lentamente, iluminando o jardim. Chamas azuis, amarelas e rosas. Saio da casa e entro no carro. A casa explode quando cruzo a esquina.

19/03/2023

Sonho da minha esposa:

"Não queria fazer aquilo, mas acabei fazendo. Tentei me controlar e percebi que acabaria fazendo de uma forma ou de outra, mesmo que tentasse com toda a minha força não fazer.

Como controlar seus próprios sonhos? Estava grávida, uma pequena barriga saliente, talvez três meses. Estava só e cansada. Na verdade, estava completamente depressiva. Vocês não estavam ao meu lado, haviam desaparecido. Estava nessa casa imensa e sozinha. Chorava o tempo todo, até cansar e dormir. Quando conseguia dormir, acordava assustada pelo que pareciam pesadelos. Uma ansiedade terrível, meu coração parecendo uma bomba incontrolável no peito. Meus pés e mãos inchados, uma gestação como nunca havia tido. Os dias passam, os meses passam, minha barriga cresce e a criança se torna imensa no meu ventre. Não aguento tamanho fardo. Luto, tento, evito, mas acabo cometendo o ato. Com uma faca de cozinha, aquelas de serra com cabo de plástico, corto minha barriga e deixo a criança despencar sobre a piscina. Ela boia na água suja, ainda presa pelo cordão umbilical, respirando levemente e formando pequenas bolhas, o rosto inchado, a pele cheia de sebo. Corto o cordão e ela afunda na água. Saio correndo e entro nas trevas da casa abandonada. Acordo um tempo depois, com muita fome. Levanto e olho para baixo. Meu útero e a placenta se projetam para fora da minha barriga. Com as mãos, levanto-a e começo a devorar o restante da minha gestação. Gosto de mel, sal e azeite se espalha na minha boca. Maciez. Acordo logo depois."

21/03/2023

Relato de um colega:

"Começou com as palpitações e tremores, a ausência de ar para respirar, o coração parecendo uma britadeira sem fim, um trem a todo vapor, nas palavras dele. Depois veio a insônia, os pesadelos, a irritabilidade, o dia e as noites infinitas, o viver sem nenhum descanso. Como se o mundo caísse sobre os seus ombros. E como sabemos, meus amigos, o mundo é pesado, bem pesado.

Ansiedade e depressão profunda. Um belo dia, decepou a própria mão com o cutelo como uma forma de se afastar da polícia. Foi finalmente afastado e aposentado. Não resolveu nada. Qualquer medicação, qualquer terapia, a família toda em cima dele o vigiando para que não cometesse outra bobagem, nada resolveu. Um belo dia, apareceu enforcado na garagem. Descansou, finalmente. Até hoje buscam explicações de como ele conseguiu fazer o nó e prender a corda na viga com apenas uma mão. Dizem ser possível. Eu acredito."

23/03/2023

Dia tranquilo na rota. Nenhum tiroteio. Ninguém ferido. Apenas abordagens e pequenas ocorrências. O problema foi a minha ansiedade. O coração pulsando muito forte, a respiração ofegante. Estou tomando os remédios, mas a dosagem parece pequena e insuficiente. Várias fezes, pensei ter visto Ivan ou Isabel cruzando uma rua, parado em uma esquina, caminhando por uma calçada, bebendo em um bar, correndo para pegar o ônibus que partia. Sempre os via de costas ou lateralmente, mas era visível o corpo esguio e magro de Ivan, o cabelo longo e o corpo sinuoso de Isabel. Não conseguia ver seus rostos completamente, algo fazia com que eles sumissem do meu campo de visão, a viatura dobrava a esquina ou a luz de um farol se apagava bem quando o rosto deles se projetavam na minha direção. Mas tenho certeza de que eram eles ou algum parente muito parecido. Retornei para casa estafado, como se tivesse tido um dia cheio, sendo que foi tranquilo. Cansado.

26/03/2023

Sonho com o gigante. Estou deitado em um relvado. Ao meu lado, um castelo gigantesco de vidro rosado. Com milhares de torres, ele avança sobre o relvado em vários compartimentos e divisões. O sol, quando os toca, reflete uma luz rosa e branca em milhares de fragmentos que se movimentam ao longo das horas sobre meu corpo. Dentro do castelo, todos os móveis também são de vidro. No castelo, apenas uma pessoa vive: uma mulher; parece uma princesa ou uma rainha abandonada. Não consigo contato nenhum com ela, mas somente de vê-la se movimentando por todos os cômodos, apenas partes do seu corpo entre as luzes refletidas em todos as paredes de vidro, me apaixono perdidamente. Ela nunca me dirige uma palavra, nunca faz um gesto que demonstre carinho ou reciprocidade pelo que sinto. Um desprezo total e profundo. O que faz com que me apaixone ainda mais por ela. Os dias passam, os meses passam, anos e décadas passam e ela não parece envelhecer nunca, a sua beleza continua a mesma desde o momento em que a vi. Tento chamar sua atenção de todas as formas, envio presentes ao longo dos dias, meses e anos, mas ela não responde, apenas recebe os presentes e amontoa em uma das torres do castelo. Aquilo me angustia, um desprezo de pedra, pesado e infinito como a morte. Não sei o que fazer. Reflito por meses e tomo uma medida, que é a única possível e ao mesmo tempo um grande gesto de amor. Arranco meu coração com uma faca e jogo sobre o castelo. Meu coração ainda pulsando e irrigando sangue, meu coração imenso, bom e apaixonado, destrói todo o castelo, os presentes que enviei e esmaga o grande amor da minha vida. Antes de também morrer, observo se a princesa, ao menos agora, vai olhar para mim, mesmo que nesse olhar contenha apenas raiva ou ódio. Nada. Seus olhos estão cerrados, mortos.

29/03/2023

Sonho de um colega:

"Estou armado até os dentes: um fuzil, duas pistolas, três granadas, uma faca e munição. Um soco inglês, spray de pimenta e um revólver 22. Entro na viatura para mais um dia de ronda com o coração em fúria, um coração apaixonado pelo meu trabalho. Na primeira ocorrência, um assaltante correndo. Largo todas as armas, desço da viatura somente com uma faca e corro atrás do cara. Sinto meu corpo flutuando enquanto atravesso as ruas, os carros e vielas, cada movimento perfeito do meu corpo para meu próprio deleite e graça. Enquanto corro, consigo visualizar os olhos do assaltante, que vê a minha aproximação toda vez que olha para trás. Os olhos cheios de medo e sofrimento pela morte que se aproxima, a morte inevitável. Alcanço o meliante e o derrubo. Corto sua garganta de orelha a orelha. Seu sangue jorra, ele geme e morre em menos de trinta segundos. O sangue se espalha pelo chão. Quente, vermelho, escuro, brilhante. Volto para a viatura. O cheiro de sangue impregnado em meu corpo exala e motiva meus colegas. Outra ocorrência. Um grã-fino estuprador de criança. Carregamos ele para sua mansão. Quinhentos mil reais em joias e dinheiro. Carregamos ele para a casa da Fada do Dente. Arrancamos suas unhas, cortamos suas orelhas, retiramos seus olhos, afogamos seu corpo e damos choque no seu saco. Arrancamos sua língua e todos os seus dentes. O sangue se espalha. Quente, vermelho, claro, sem brilho. Um cheiro forte de sangue, fezes e urina. Estamos felizes, estamos em nosso ambiente. Matamos o sujeito, arrancamos sua cabeça, membros e espalhamos em cantos da cidade. A noite chega. Avançamos sobre ela e pelas luzes da cidade. Todos nos temem, tudo nos temem: Deus, a noite, as ruas e os animais que caminham nela, humanos ou não.

Somos deuses da violência. Os únicos deuses possíveis para este mundo, para esses dias. Outra ocorrência. Uma mulher queimada com ácido pelo ex-marido. Uma mulher linda. O sujeito jogou ácido sobre o rosto dela. Não jogou nos pés, nas mãos, ou nas pernas, jogou no rosto. Carregamos o sujeito para a casa da Fada do Dente. Enchemos um pequeno tanque de concreto com todo ácido que conseguimos. Amarramos o sujeito e jogamos no tanque. Seu corpo espuma enquanto ele se debate e grita. Depois, o silêncio da sua língua é substituído pelo barulho do seu corpo fritando, espumas vermelhas, rosas e amareladas que brotam e se espalham pelo chão. Um cheiro forte e que não é possível descrever em palavras, um cheiro bom e forte, cheio de vida. Terminamos o plantão e voltamos para casa. Minha família dorme. Tomo banho e me deito. Adormeço feliz e em paz."

31/03/2023

Minha ansiedade se intensifica. Os remédios não resolvem mais, preciso de uma dosagem maior. Não vou à psicóloga. Não quero mais ver aquela mulher. Na verdade, não quero mais ter nenhum atendimento médico com relação à ansiedade. Vou tentar controlar sozinho. Chega de medicamentos. Mesmo que isso gere um desconforto muito intenso. Ontem mesmo pensei ter visto Isabel caminhando pela casa, quando, na verdade, era minha esposa. Toda vez que a via, Isabel parecia surgir no seu rosto, como uma alucinação. Minha esposa me olhava assustada e sorria. Falei que não estava me sentindo muito bem. Tomei um dipirona e dormi na rede do quintal. No mês de abril, pego minhas férias. Espero resolver isso. Chega dessa ansiedade, dessa angústia idiota. Quero minha paz novamente.

ABRIL

31/04/2023

Sangue, morte e paz. Férias maravilhosas. Viajamos para o litoral de *** *****, *** *********, uma casa de praia da família da minha esposa. Em janeiro, fica cheia devido às férias escolares. Em abril, é toda nossa. Alguns irmãos da minha esposa aparecem, mas é raro e por poucos dias. Uma pequena piscina, quatro quartos, uma cozinha grande. Uma casa confortável, média e simples. Condomínio fechado. Existem algumas casas à venda com preços bons. Quem sabe no futuro. Quando me aposentar, caso isso aconteça. Caso não morra antes. Tanto faz. Os três primeiros dias foram tranquilos. Íamos para a praia todos os dias. A praia estava praticamente deserta. O mar, agitado e instável. Aproveitava para nadar por cerca de meia hora. Passava as longas ondas maiores que quebravam no mar e avançava para o trecho mais calmo, cerca de trezentos metros distante da faixa de areia. Apenas eu e a água cinzenta, o cheiro forte de maresia e as espumas de um branco sujo cercando meu corpo enquanto boiava para descansar. Na praia, via meus filhos brincando, minha esposa lendo um livro embaixo do sombreiro roxo, os coqueiros curvados pelos ventos, as telhas e as cercas baixas de arame das casas mais próximas. Mesmo cercado pelo mar, minha ansiedade galopava sobre meu corpo, meu coração parecendo uma britadeira. Já não tomava os remédios há duas semanas. Iria superar a ansiedade sozinho e no decorrer do tempo. Mas depois falo sobre isso. Voltava para a praia e ficava conversando com a minha esposa ou brincava com meus filhos. Meio-dia, almoçávamos juntos. Minha esposa estava tranquila, a não ser pelos sonhos que andava tendo. Reclamou que estava apenas um pouco ansiosa e que até o final do ano arranjaria um trabalho para ocupar a mente. Um trabalho perto de casa, tranquilo. Os meninos já estavam grandes, poderiam começar a se virar sozinhos um pouco. E seria bom para eles. Concordei com tudo. Pensei que ela falaria sobre os sonhos deles, mas não mencionou nada. Eu também preferi não mencionar. Uma família de ansiosos, basicamente. Outros mais, outros menos. Quem não é ansioso hoje em dia? Esse mundo insano e veloz demais. Durante à noite ficávamos conversando, vendo filmes ou lendo um livro. Aproveitava e caminhava pelo condomínio. Uma noite, acho que no quarto dia, me sentei em uma praça dentro do condomínio. Quando menos esperava, um senhor sentou ao meu lado. Bigode ralo, careca, baixo, camisa florida. Perguntou se eu era policial. Disse que sim. Falou que reconhecia um policial em qualquer lugar. Era policial aposentado, trabalhou trinta e nove anos na corporação, entrou menino, dezoito anos, e só saiu porque apresentou um problema no coração. Ficamos em silêncio. Perguntou se eu aceitava um pequeno trabalho. Disse que não, estava de férias, e não pegava trabalho por fora. Ele riu. Impossível, disse, duvido que não ajeite alguma coisa por fora. Não respondi. Falou que o trabalho era tranquilo: matar dois assaltantes que incomodavam o condomínio e a cidade. Ele tentou agir, mas os dois meninos eram protegidos de um policial lotado na cidade. Ninguém os tocava. Somente alguém de fora para resolver. Não falei nada. O pagamento é bom. Cem mil reais. Ri. Por dois meninos? Sim, por dois meninos. O prejuízo que já deram foi na ordem de quatrocentos mil. Cem mil viram uma pechincha. Até lancha eles já roubaram. Ri e disse que não tinha interesse. Estava de férias. Apertei a sua mão e me afastei. No outro dia, não fui à praia, estava chuvoso; minha esposa e os meninos foram. Queriam aproveitar de qualquer forma. Fiquei em casa tentando ler um livro que nada entendia. Difícil, milhares de frases encadeadas umas sobre as outras, questões sobre a memória e o tempo, tédio mortal. Cochilei na rede abraçado com o livro. Acordei com meus filhos gritando que minha esposa tinha sido assaltada. Peguei a pistola e corri para a praia. Encontrei com ela no meio do caminho, já dentro do condomínio. Disse que foram dois meninos. A praia estava deserta. Pediram somente o celular e correram. Não viu arma com eles. Voltei com ela para a casa e depois fui à praia. Caminhei para um dos lados até achar uma barraca. Um senhor tomava conta. Perguntei se ele viu dois meninos correndo com um celular de capa verde. Ele riu e disse que sim. Eram os dois meninos que roubavam a cidade inteira. E nem precisavam roubar, tinham boas condições. Pedi que os descrevessem. Um alto e outro baixo. Um magro e outro gordo. Brancos, comuns, talvez dezoito ou dezenove anos. Sei onde eles moram. Perguntou se eu era policial. Sim, roubaram minha esposa. Eles fazem isso constantemente. São protegidos pelo tio, policial também. Você, conversando com ele, recupera o celular da sua esposa. Não, quero saber onde os meninos moram. Ele falou. Antes de sair, pediu que eu tomasse cuidado com o tio. Policial ruim. Voltei para casa. Minha esposa estava bem, os meninos brincavam na piscina. Quinze minutos depois, estava na casa dos meninos que roubaram minha esposa. Uma rua tranquila, com vários lotes abandonados. A casa deles ficavam no fim do terreno, depois de um grande quintal cheio de mato e algumas plantas. Gritei, e não apareceu ninguém. Entrei na casa. Tudo sujo e revirado, cheiro de fritura, poucos móveis, roupas espalhadas pelo chão. Não achei nada de valor. Nem dinheiro, nem documentos, nada. Sentei em uma cadeira. Uma hora depois, senti sede. Bebi água e comi um pedaço de pão que estava dentro da geladeira. Depois de duas horas, apareceram. Dois meninos. Um mais alto e magro, outro mais baixo e gordo. Brancos, classe média, vagabundos e comuns. O mais alto me fez lembrar Ivan. Eles ficaram me olhando em silêncio. Perguntaram se aquilo é um assalto. Disse que não, era policial. Mostrei a identificação. Eles pareceram relaxar. O gordo perguntou se eu era amigo do tio deles. Disse que não. Silêncio. Perguntei do celular que roubaram na praia pela manhã. Eles me olharam assustados. Pertence à minha esposa. Devolvam e tudo bem. O mais alto entrou em um dos quartos e retornou com ele. Cheirava a cerveja, maconha e suor. As veias do seu braço magro estavam estufadas e salientes, os dedos das mãos finas e rosadas. Fiquei excitado. Mexi no celular, só estava sujo. Os dois ficaram em silêncio, com as cabeças baixas. Saí sem falar nada. Voltei para casa e devolvi o celular. Minha esposa perguntou como encontrei os meninos. Conversei com um e outro. Eles são conhecidos na cidade. Aproveitei o resto da tarde para nadar na praia. Avancei depois das ondas e fiquei boiando no mar calmo. O céu escurecendo, com manchas vermelhas e amarelas do sol se pondo entre as nuvens. As luzes das casas começaram a ser acessas na costa. Retornei para a praia na escuridão, com a água do mar esquentando. Sentei na areia e fiquei observando as estrelas que surgiam. Voltei para casa, tomei café com meus filhos e esposa. À noite, fui caminhar sozinho pelo condomínio. Depois de uma esquina, topei com o senhor do dia anterior. Estava sentado na frente de sua casa, ao lado de uma grande roseira com rosas brancas. Também olhava para a escuridão e as estrelas. Quando me viu, perguntou se eu queria uma cadeira. Sentamos juntos e ficamos em silêncio. Perguntei se ele morava sozinho. Sim, moro sozinho. Minha esposa é falecida, minhas filhas não falam comigo, são afastadas. Silêncio. Ele riu. Os meninos assaltaram você, perguntou. Minha esposa, assaltaram minha esposa. Dá no mesmo. Não, não é a mesma coisa. Eu teria reagido. Talvez, teria matado os dois ali mesmo. O velho riu. A velha e boa violência, não é mesmo, perguntou. Fiquei em silêncio. Não sei se você percebeu, mas nascemos para isso. Eu, você e todos que gostam da sagrada violência. Estamos na melhor profissão, profissão essa que existe em qualquer parte do planeta, em qualquer pequeno país. As pessoas são violência em estado puro. Inventamos as leis e a civilização apenas para tentar frear esses instintos e, mesmo assim, não conseguimos. Observe a natureza. Somos os únicos que aniquilamos o semelhante com prazer e alegria. Além de aniquilarmos nós mesmos com extremo engenho. Quantos suicídios são completamente inexplicáveis e mesmo assim são suicídios? Quantas mortes e motivos são insondáveis e mesmo assim eles existem? A nossa profissão nunca será extinta. Enquanto houver a raça humana caminhando nesse mundo, existirá nós, os deuses da violência, armados, perfeitos, fazendo o trabalho sujo que ninguém ousa fazer. Mesmo depois mortos, porque infelizmente também morremos, permanecemos na memória das pessoas, nossa imagem se propagando através dos nossos feitos, através das palavras de quem teve a graça de nos ver caminhar e agir no mundo. Não devemos explicações para ninguém, não devemos nada para a sociedade, estamos fora dela, ao redor dela, sobre ela, e não podemos ser alcançados por ela. Na verdade, nós somos exemplos do que a sociedade tem de melhor, o mais humano e verdadeiro dos atos, o mais apaixonante, a violência. Você não concorda comigo, perguntou. Ri e não falei nada, tentando assimilar tudo o que ele disse. Levantei da cadeira e me despedi. Continuei caminhando pelo condomínio e consegui entender o que ele disse. E talvez fosse as palavras mais perfeitas que já havia escutado. Naquelas palavras estava a definição do que eu era e nunca havia parado para refletir. Continuei andando pelo condomínio, olhando para as casas e os móveis espalhados pelas varandas, a maioria das casas fechada. Voltei para a minha. Durante a noite, namorei com a minha esposa. Depois de conversar com o velho, me senti melhor. E, depois de namorar com minha esposa, me senti ainda mais tranquilo. Dormi como uma pedra. Nenhum tipo de sonho, apenas uma pequena ansiedade. Nos próximos cinco dias, recebemos a visita dos meus cunhados e respectivos sobrinhos. Pela manhã bem cedo, nadava e depois voltava para casa para ajeitar a churrasqueira. Nadar estava me fazendo extremamente bem, a ansiedade diminuindo de forma gradual. Gosto dos meus cunhados e seus filhos. A casa ficou cheia e barulhenta, minha esposa e meus filhos adorando cada segundo da presença deles. E eu também. Durante esses dias, não me encontrei com o velho, saí apenas para ir ao açougue ou supermercado. E senti a sua falta. Um dos meus cunhados, também policial, me contou um relato. Um colega com depressão que acabou abandonando tudo e foi morar próximo de uma pequena vila de pescadores na fronteira com a ****** *******. Viveu lá com quase nada, em completo isolamento. Uma vez por mês, comprava alguns mantimentos e remédios em uma cidade distante cerca de sessenta quilômetros. Ele fazia esse percurso a pé. Viveu dessa forma por cinco anos. Depois, um belo dia, sentiu falta de sua família e retornou. Os filhos nem o reconheceram. A esposa havia se casado novamente. Foi incorporado à polícia novamente. Ficou vinte dias e pediu exoneração. Montou um pequeno mercado de bairro. Vive com simplicidade total. Todo o dinheiro que ganha repassa para os filhos, com quem mantém uma ótima relação até hoje, apesar do afastamento. Um dos meninos se formou em Medicina e o outro em Direito. Nunca mais se casou. Uma vez por ano, viaja até o casebre que morava e passa quinze dias. Retorna porque sente saudade dos filhos. Até os filhos conheceram o local. E odiaram. Mantém uma boa relação com a esposa. Talvez fosse o melhor policial da nossa corporação. Até hoje nos falamos e nos encontramos. Disse que não se arrepende de nada. Mês que vem, será avô. Meus cunhados e sobrinhos depois partiram. Minha esposa e meus filhos sentiram falta deles no primeiro dia, mas seguimos com a nossa rotina. Voltei a nadar todos os dias, avançando cada vez mais distante para dentro do mar. Setecentos metros, oitocentos metros, novecentos metros. Conseguia medir a distância por pequenas boias sinalizadoras que marcavam a metragem para a costa a cada cem metros. A última boia marcava mil e duzentos metros. Naquela distância, novecentos metros, dava para ver pelo menos três cidades além da minha. Esperava escurecer para ver as luzes acessas dos prédios e das ruas, que se misturavam ao céu limpo com estrelas. Estrelas cadentes surgiam e sumiam enquanto boiava para descansar. Nenhum barulho além do mar. O cheiro de maresia forte e constante. O vento me empurrando para a costa ou me puxando para longe. Nadava transversalmente e às vezes saía bem distante do ponto de conexão com o condomínio. E adorava. Voltava caminhando pela areia, escutando os pequenos barulhos das casas próximas à praia, ninguém além de mim caminhando na areia, entre as faixas escuras ou iluminadas pelos postes das ruas até chegar ao condomínio. Caminhava lentamente, retardando o ritmo o máximo possível, sorvendo cada segundo. Chegava em casa e tomava banho no chuveirão próximo da piscina. Comia alguma coisa e deitava na rede. Meus filhos brincavam, minha esposa lia um livro. O tempo quente começava a esfriar devido ao sereno da noite; o vento constante da praia resfriava tudo ao redor. Na rede, via o céu com estrelas depois dos galhos das árvores que cercavam a piscina. Adormecia. Era acordado por minha esposa, que deitava sobre mim na rede. Beijava a minha boca e me acariciava. Namorávamos. Depois caminhávamos para o quarto e dormíamos abraçados. Os dias transcorreram. O velho policial havia sumido. Passava na frente de sua casa e não o encontrava. Seguia caminhando pelo condomínio e voltava para casa. Meu coração cada vez mais calmo e tranquilo, sereno e leve. Até que a violência surge, a violência que apenas ampliou minha calma e tranquilidade. Voltando da praia depois de nadar, vejo em uma faixa de sombra duas pessoas sentadas na areia fumando maconha. Ao me aproximar, logo reconheci os dois meninos que roubaram o celular da minha esposa. Assim que me notaram, enterraram a guimba na areia. O que parecia Ivan estava sem camisa. Fiquei excitado imediatamente. Os dois rescendiam ao cheiro forte da maconha. Perguntei o que faziam ali. Nada, não estamos fazendo nada. Riram e se calaram. Fiquei mais excitado ainda ao escutar a voz do rapaz que parecia Ivan. Mandei os dois levantarem. Revistei o mais baixo e gordo. Disse para partir. Ele ficou confuso. Pode ir embora, senão lhe prendo. Olhou aflito para o que parecia Ivan, como se estivessem se despedindo, deu as costas e sumiu na direção do condomínio. Peguei sua camisa, presa na barra do short, e amarrei seus pulsos. Dei uma rasteira na sua perna direita e empurrei seu corpo para frente. Ele caiu de cara na areia. Retirei seu short e penetrei nele com extrema força. Tentou gritar, mas abafei sua boca com as duas mãos enquanto o ameaçava. Começou a gemer, soluçar e depois chorar, quando percebeu o que ocorria. Gozei uma vez e descansei sobre ele, sem me mexer. Ele apenas chorava, as lágrimas escorrendo entre meus dedos e caindo na areia. Novamente fiquei excitado e voltei a atacá-lo, agora com mais força e vontade. Demorei para gozar. Quando acabei, suava e estava exausto. Saí de cima dele. Uma imensa mancha de sangue avançava pela areia na região do seu quadril. Ele arfava e chorava. O vento da praia secou meu suor. Descansei. As ondas chegaram aos meus pés e ao rosto do rapaz que parecia Ivan. As espumas ficaram vermelhas e espalharam sangue ao meu redor. Peguei o rapaz e arrastei pelas ondas. Nem mesmo resistiu ou falou nada. O seu corpo parecia entorpecido e levemente frio. Avancei pelo mar puxando seu corpo pelas pernas. Notei que ele ficou de barriga para baixo e não parecia se importar com a água cobrindo sua cabeça e tapando a sua respiração. Acho que ele nem respirava quando alcancei a boia de trezentos metros, retirei a camisa que amarrava suas mãos e soltei seu corpo na água escura do mar. A correnteza fez seu corpo girar um pouco e depois o carregou para dentro da escuridão. Soltei a camisa e voltei nadando sem presa para a praia, me afastando do local em que estava com ele. Saí do mar e retornei para casa por um caminho oposto ao que fazia todos os dias. Tomei banho no chuveirão do quintal. Minha esposa e filhos assistiam à televisão. Senti uma dor no pênis ao tomar banho e notei que havia um pequeno corte na glande. Lavei com sabão novamente, enxuguei e passei Rifocina. Comi alguma coisa e dormi. No outro dia, o ferimento no pênis havia melhorado. Fui nadar. No local, as ondas haviam apagado os vestígios de sangue. Nem sinal do corpo. Meu coração limpo, nenhum sinal de ansiedade. No final do dia, passei na frente da casa do velho e ele não estava. Será que morreu? Depois desse dia, não o procurei mais e nem o vi. Continuei nadando todos os dias e fazia minha caminhada pelo condomínio no final da tarde. Ninguém da família da minha esposa apareceu. A última semana foi apenas nós quatro. Faltando dois dias para o término das minhas férias, arrumamos nossas coisas e retornamos para casa. Não sinto mais meu coração, nenhum peso ou batimento fora do normal. Não sonho mais com o gigante ou qualquer coisa semelhante. Amanhã, volto para o trabalho. Limpo e forte. Puro. Uma nova vida.

pólen bold 90 gr/m2
tipologia calisto mt
impresso no outono de 2025